Author
RYOMA
Illustration
黒井ススム
クラス最安値で売られた俺は、
実は最強パラメーター
3
I was sold at the lowest price in my class, however my personal parameter is the most powerful

彼は生きていた。

今、私の前で戦っている――

「あの、白い魔導機のライダーは勇太だ――」

nagisa
【渚】

勇太の幼馴染で、同じく現代から召喚された少女。アムリア王国の王族付きの魔導機ライダーとして拾われ、勇太と離れ離れになっていた。

yuta
【勇太】
本作主人公。奴隷の身分になるも白い魔導機「アルレオ」との出会いもあり躍進を続け、現在は傭兵団を立ち上げて世界を巡っている。

新型ライドキャリア〈フガク〉
Fugaku

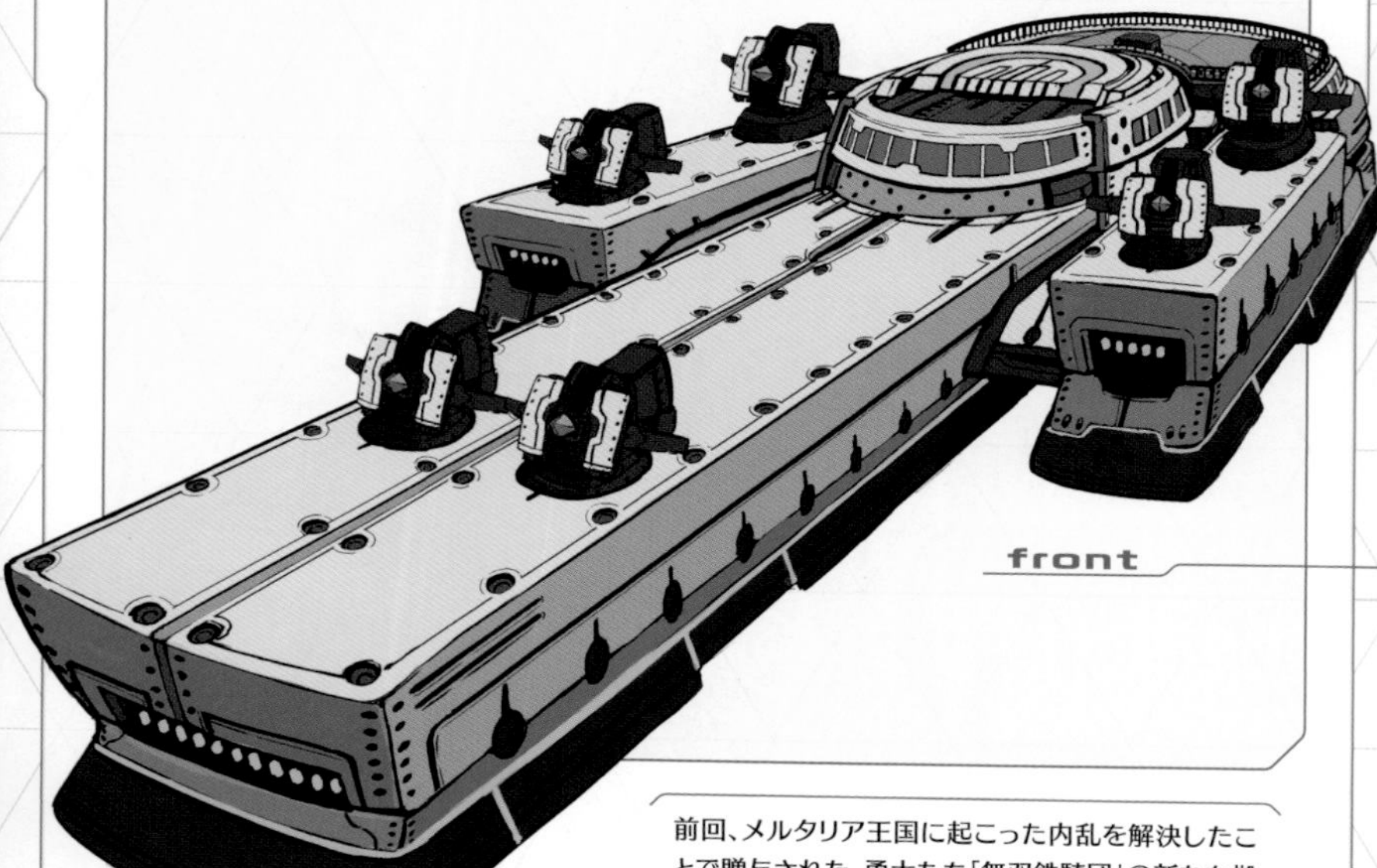

前回、メルタリア王国に起こった内乱を解決したことで贈与された、勇太たち「無双鉄騎団」の新たな拠点となる戦艦型ライドキャリア。その性能はこの世界でも屈指で、巨大な魔導機格納庫と、それを運用するパイロットやメカニックなどの人員を収容できる多数の居室を備える。移動速度も早まったが、反面勇太たちの傭兵団の規模で運用するには大きすぎたため、人員の補充に追われることとなった。
主武装は自動装填の四連式バリスタを六門、甲板上部に搭載。衝撃を受けると爆発する性質をもった「爆裂石」を先端に用いた大型アローを投射することで、魔導機の戦いを援護する。

クラス最安値で売られた俺は、実は最強パラメーター 3

I was sold
at the lowest price
in my class,
however
my personal parameter is
the most powerful

Author
RYOMA
Illustration
黒井ススム

previous summary

story

現代から異世界に召喚されるも、ルーディア値“2”と判定され奴隷となった勇太。白い魔導機「アルレオ」を手に入れた彼はその才能を開花させ、傭兵団「無双鉄騎団」を立ち上げて、戦国の異世界を旅していた。

前回、「雷帝」の異名を持つ魔導機乗りであり、メルタリア王国の王族であるリンネカルロと道すがら知り合った勇太たちは、王国の内戦に巻き込まれてしまう。しかし、国宝の強力な魔導機・ヴィクトゥルフを勇太が起動できたことも手伝い、戦いを収めることに成功した。その後、リンネカルロらも同行し、大所帯となった「無双鉄騎団」は東の商業都市バラヌカへ、物資と人員の補充に向かうのだった。

一章　大賢者

メルタリア王国の内乱も無事に収まり、俺たちは商業都市バラヌカを目指していた。新型ライドキャリアをメルタリアの新王ユーディンから貰《もら》ったのはいいのだけど、大型で機能も多く、これまでのようにジャン一人で動かすのは無理があるということが判明。そこで、大都市で人の流入が多いバラヌカで搭乗員を募集することになった。また、リンネカルロとアーサーの加入により所属の魔導機《まどうき》が増えたことで、かねてから一人メカニックとして奮闘していたライザの怒りが爆発。そりゃ怒るのも無理はないと、メカニックの募集も行うことになっている。


「ジャン、どうした？　何かあったのか」

ジャンに呼ばれブリッジに行くと、無双鉄騎団の全員が集まっていた。

「いや、大事なことを決めないといけないだろ」

「大事なこと？」

「そうだよ、ここが俺たちの新しい家になるんだぞ。家には自分の部屋が必要だろ？」

「あっ、部屋決めか。だけど、このライドキャリアは五十部屋くらいあるんだろ？　好きな部屋を勝手に選べばいいんじゃないか？」

「馬鹿野郎！　部屋数は多いけど、良《い》い部屋はそんなにねえんだよ！」

確かに綺麗《きれい》で眺めが良くて広い部屋は艦長室を想定している部屋と、ＶＩＰ用の豪華な部屋が二部屋の合計三室しかない。無双鉄騎団の現在の人数は十名――普通に考えたら取り合いになるのは必然だろう。

「たくっ……じゃあ、前みたいに『あみだくじ』で決めるか」

「ふっ、望むところだ。今回は負けねえからな」

「『あみだくじ』ってなんですの？」

今回初参加のリンネカルロがそう聞く。

「地球の公正な勝負方法だ。こいつで出た順番で部屋を決めていくぞ」

「ふ〜ん、とにかく一番を引けばいいだけですわね。簡単そうですわ」

簡単とか難しいとかないと思うが、何を勘違いしてるのかリンネカルロは勝つ気満々である。

俺が紙に縦線を引き、あみだくじの横線を書いていく。ゴール部分は紙を折って隠し、一人一人順番に線を選んで横線を追加していった。

「よし、全員選んだな」

「早く開くといいですわ」

「こういうのは日頃の行いで結果が決まるものだからね。それを考えると自《おの》ずと誰が一番を引くか予想できそうね」

アリュナの何気ない言葉にリンネカルロが反応する。

「あら、でしたら私しかいませんわね。日頃から誠実、堅実、謙虚を心に持って生活してますもの」

どの口が言うんだろうとツッコミを入れたかったが、揉《も》める原因になりそうなのでここは放置することにした。

そして結果は——

1　ロルゴ
2　ファルマ
3　エミナ
4　ライザ
5　ナナミ
6　アリュナ
7　勇太《ゆうた》
8　アーサー
9　ジャン
10　リンネカルロ

「だぁ～！　なぜだ！　なぜ俺は一番を取れない！」

ジャンが悲痛な叫び声をあげる。

「何かの間違いですわ、私が最後なんて……」

「まあ、思うところがあるかもしれないけど、これが結果！　受け入れて部屋を選んでいこう」

悪い結果だったメンバーがブツブツと文句を言い出したので、面倒臭くなる前に強引に話を進めた。

「ロルゴ、どこの部屋を選ぶんだ」

「おで、どこでもいい……」

「それじゃ、ここなんかどうだ。日当たりは良さそうだぞ」

ジャンがロルゴに薦めたのは日当たりだけがいい、狭い一般船員用の部屋であった。

「悪い奴《やつ》だな、ジャン。ロルゴ。ジャンの言うこと聞いたらダメだぞ。一番を引いたんだから一番いい部屋を選んでいいんだから」

「おで……一番良い部屋わからない……」

「そっか。じゃあ、無難に艦長室にしたらどうだ」

「勇太が言うなら、おで……そこにする」

「チッ、余計なことを……」

ジャンは悔しがってるけど、もしロルゴがそこを選ばなくても九番を引いたジャンに一ミリもチャンスはないと思うけどな……。

「ファルマはどうするんだ」

「う〜ん。じゃあ、私はこの右奥にある大きな部屋にする」

「だぁ！　そこも取られた！」

いや、だからジャンにチャンスはないって。

もちろん三番を引いたエミナは残りのＶＩＰルームを選択して、大当たりの部屋は全て決まった。

ライザは格納庫に近い部屋が良いと、一番下部にある地味な部屋を選ぶ。本当に仕事熱心な子だな。

ナナミは高い所が良いと言って、一番上部にある部屋を選択した。

アリュナはゆっくり寝たいからとの理由で、みんなが集まるブリッジやミーティングルームなどの近くを避け、奥の部屋を選んだ。

さて、俺の番だ。まあ、正直どこでも良いっていうのが本音で、逆に悩んでしまう。

「勇太。ナナミの隣空いてるよ！」

「あら、私の隣も空いてるわよ。勇太。遠慮しないで選びなよ」

ナナミとアリュナがそう薦めてくるが、どっちの隣を選んでも角が立ちそうだ。だから、ここは無難に隣に誰もいない部屋を選んだ。

「もう、勇太。私の隣が空いてるって言ってるのに！」

ナナミは不機嫌そうにそう言う。

「さて、私の番ですね。私はそうですね……やはりここかな。いや、そこよりこっちが……いやいや、やっぱりこっちの部屋が……」

と、いやに長々と悩むので、最後には「アーサーはここに決定！」とリンネカルロに強引に決められた。

「俺の番か……本当にろくな場所残ってねえな――　しかたねえ。ブリッジの近くにするか」

ジャンが嫌々選ぶと、最後のリンネカルロは悩むことなくこう言った。

「私はここにしますわ。もう、どこでも一緒でしょう」

投げやり気味に選んだのは俺の隣の部屋だった。

「リンネカルロ。そこ、勇太の隣だよ。どこでも良いなら周りに誰もいない部屋の方が良いんじゃない？」

ナナミにそう指摘されたリンネカルロは、ちょっと挙動不審にこう答えた。

「あら、そうでしたっけ？　まあ、気がつきませんでしたわ。しかし、一度選んだ場所を変える気はありませんので、仕方なくここにすることにしますわ」

そう言いながら不自然に外の景色を見る。ひゅーひゅーと吹けない口笛を吹きながらウロウロし始めたけど、何がしたいのか理解できなかった。王族って変わり者が多いのだろう。そう結論づけた。


部屋決めをしてから四日後、商業都市バラヌカが見えてきた。

今までこの世界ではあまり見なかった高層の建物が立ち並び、大小さまざまなライドキャリアやライドホバーが出入りしている。先進国日本からやってきた俺でも、ここが大都市だというのは一目瞭然であった。

「よし、商業都市バラヌカに到着だ。全員、渡す物があるからミーティングルームに集合！」

ジャンにそう言われて集まると、なぜか一列に並ばされた。

「何するんだ、ジャン」

俺がそう聞くと、ジャンはなぜか誇らしく説明を始めた。

「商業都市バラヌカは、ありとあらゆる物が集まる商売の街だ。個人個人、欲しい物がこの街にはあるだろ。しかし！　何を買うにしても資金が必要だ！　ということで今から全員にお小遣いを渡すぞ。欲望のままに思いっきり買い物してこい！」

おおっ、ジャンもまた気が利くことをするな。

お小遣いで渡されたのは一人一万ゴルド。いまだにこの世界の金銭感覚が染みついてない俺にはどの程度の金額かピンときていない。

「ちょっと、ジャン。思いっきり買い物してこいって割には少なくない？」

「そうですわ。一万ゴルドじゃドレスを一着買って終わりですわよ」

アリュナとリンネカルロがお小遣いの金額に文句を言う。

「馬鹿野郎！　これからライドキャリアの搭乗員やメカニックも雇わないといけねえんだぞ。そんなにドカンと小遣いやる余裕はねえ！」

「ナナミはこれで十分だよ。一万ゴルドも使いきれないくらい」

「私も十分かな。何買っていいかわからないくらいだし……」

「おで……お小遣い貰えるだけで嬉《うれ》しい……」

ナナミ、ファルマ、ロルゴの三人は満足しているようだ。さらにエミナはなぜか感動して泣いている。

「うっ……借金だらけの私にもお小遣いをくれるなんて……」

どうやらその小遣いを使って母国へ逃げ帰るって選択肢は彼女の中にはないようだ。真面目というか何というか……。

「あっ、そうだ。お小遣いはパッと使って良いけど、バラヌカにはメカニック探したり、搭乗員の求人出したりするから一週間くらい滞在する予定だ。だから初日で全部使っちまって、後で困らないように少しは考えて使えよ」

だったらもう少しよこせとアリュナたちに詰め寄られるが、ジャンはお金に関してはシビアだ、絶対ダメだと撥《は》ね付けた。

「もう、仕方ないですわね。勇太。買い物に一緒に行ってあげても良くってよ」

「あっ、リンネカルロ。勇太はナナミと買い物に行くんだよ」

「ちょっと、何勝手に決めてるんだい。勇太は私と、しっぽりデートの予定だよ」

リンネカルロ、ナナミ、アリュナが揉め始めた。みんなで行けばいいじゃん、と思い、その争いを止めようとした。しかし、俺より早く、意外なことにジャンがそれを実行した。

「三人とも、残念だが今日は勇太は俺と用事がある。一週間も滞在するんだ。勇太との買い物は順番を決めて日替わりで行ったらどうだ？」

ジャンの提案が採用され、今度は順番決めで揉め始めた。

「ジャン、俺と用事って何だよ」

「まずはワークギルドに求人を出しに行く。その後は街の魔導機整備所を巡ってメカニック探しだな」

「その予定でどうして俺が必要なんだ？」

「もちろんライザも連れていくが、お前はあれだ。ついでにルーディア値を計測するためだ」

「まだ諦めてなかったのかよ」

「当たり前だ。バラヌカなら最新の計測機があるはずだからな」

　ということで、バラヌカ初日はジャンとライザと三人で街に繰り出すことになった。ライザと外で行動するのは珍しいのでどうもギクシャクしそうだな……アリュナがいればいいんだけど、彼女はリンネカルロとエミナと三人でどこかへ出かけていった。また、ナナミ、ファルマ、ロルゴの三人は、アーサーを保護者に買い物に行くようだ。


　早速、俺たちは求人を出しにワークギルドと呼ばれる施設へ向かった。

「ワークギルドって何だ？」

「仕事の斡旋所《あっせんじょ》だな。仕事が欲しい奴はここに集まってくる」

「じゃあメカニックもここで募集すればいいんじゃないか」

「もちろん募集はするけど、魔導機のメカニックは特殊技術職だからな。ワークギルドでもなかなか集まらないもんなんだよ」

「そう考えるとライザの存在って貴重なんだな」

　そう俺が言うと、ライザはちょっと誇らしげにこう言う。

「気づくのが遅い！　アリュナ様がいるから私は無双鉄騎団にいるのだから、アリュナ様にすっごく感謝しなさい」

　まあ、その言葉には苦笑いするしかなかった。アリュナもライザもそうだけど、無双鉄騎団は本当に人材には恵まれてるな。

ワークギルドは五階層くらいある大きな建物だった。多種多様な人たちが出入りしていて、活気がある。俺たちは受付に行き、求人を出す手順を聞いた。

「上のフロアーに求人受付用のカウンターがありますので、そちらで書類に必要事項を記入して提出してください」

どうやら一階は全て職を求める人のためのカウンターのようだ。俺たちは言われた通りに上のフロアーに上がる。

「求人を出したいのだけど、このカウンターでいいのか？」

ジャンがそう聞くと、暇そうにしていた中年の女性が慌てて対応する。どうやら職を求める人は大勢いるようだけど、求人を出す業者はそれほど多くはないみたいだ。

「はっ、はい。そうです。そちらの書類に記入して提出してください」

ジャンは言われた通り書類を手に取ると、パッと内容を見て、サッサと凄《すご》い勢いで記入した。

「ほれ、これでいいか」

「はい。確認させていただきます。仕事内容はライドキャリアの搭乗員と操縦者、それと魔導機のメカニックですね。条件は搭乗員は特になし。操縦者はルーディア値１５００以上。メカニックは実務経験三年以上と……給与は搭乗員が月七百ゴルド、操縦者は二万ゴルド。メカニックは三万ゴルドですね。備考欄はと……食事寝床付き、ボーナスの可能性あり、遺族手当あり、死亡時は遺族に十万ゴルドの遺族年金が支払われると……死亡時の想定があるということは危険な仕事なんですね」

「そうだな。戦場で戦う商売だから、危ない仕事ではある」

「わかりました。こちら危険度Aで登録させていただきます」

「募集してどれくらいで集まりそうだ？」

「募集人員は搭乗員が十名。操縦者が一名。メカニックが三名ですね。メカニック以外なら五日もあればかなりの人数が応募してくると思うのですが……」

「やっぱりメカニックは難しいか」

「はい。魔導機のメカニックはどこも不足していますので、かなりの人気業種です」

「三万じゃ安いか」

「そうですね、優秀なメカニックを求めるならその倍は提示した方が良いと思いますね」

「じゃあ、五万に書き換えてくれ」

「わかりました、メカニックの給与が五万に変更と……」

「それじゃ、五日後にくるから、よろしく頼むわ」

「はい。それではお待ちしています」

これで求人を出すのは終わったけど、やはりメカニックの募集は難しいようだな。後ろで話を聞いていたライザの顔が引きつっているのが不憫《ふびん》で仕方ない。

「よし、次に勇太の計測に行くとするか」

「本当にどうでもいいんだけどな……」

俺の意志など無視して、ジャンはルーディア値を計測できる施設を調べ、そこへ向かった。

ルーディア値を計測する施設は街の診療所みたいなところだった。大きな病院みたいな施設もあるそうだけど、そういうところは待ち時間が長いそうで、小規模のここに決めたようだ。

「ルーディア値の計測ですね。調べるのはどなたですか」

「こいつです。早急にお願いします」

「それではその台の上に乗ってください」

俺は言われるままに丸い台の上に乗った。

「はい。息を吸って……ゆっくり吐いて……はい！　そこで息を止めてください！」

何かの装置を見ながら、計測技師が動揺している。

「こ……これは……」

「どうした、いくつなんだよ！」

「も……申し訳ありません。数値が出てこないです。どういうことだ？」

「おいおい、計測機が古いんじゃねえのか？」

「何を言いますか！　確かにここは小さな計測所ですけど、この計測機は10万まで測れる最新式ですよ」

10万まで測れる最新式って、前に測った時もそんなこと言ってたな。

「ジャン。前にも同じこと言われたんだよ。十万まで測れる最新式だって。その計測機でルーディア値2って言われたから、そういうことなんじゃないか」

「そうか。勇太は地球人だから最初に計測したのはラドル召喚所だな……確かにあそこの計測機を超える物なんてどこにもないぞ」

ジャンもようやく俺のルーディア値を計測するのが無理だと納得してくれそうな感じになったのだが、計測技師が余計なことを言い出した。

「ふむ……確かにラドル召喚所の計測機を超える計測機などどこにもないでしょうが、一ヶ所だけ、もしかしたらそれを超えるかもしれない計測機を持っている人物に心当たりがありますよ」

「何だと！　そいつは誰だ！」

「バラヌカの郊外に住む、変わり者の老人です。我々街の計測技師に、もし、この計測機でルーディア値を測れない人物が現れたら、ワシのところへくるように言いなさいとその老人に言われていたのですが、本当にそんな人物が現れるとは……」

「よし、勇太！　そこへ行くぞ！」

いや、もういいって……そう思ったがジャンは計測技師から老人の詳しい場所を聞いている。地図なんて書いてもらって……本当に行く気だな。


測定技師に教えてもらった老人の家は、郊外にある一軒家であった。周りに他の民家はなく、異質な外見もあり近寄《ちかよ》り難《がた》い雰囲気がある。

「あそこだな」

「うわ……独特というか、変わった外見だな」

「変人って言ってたからな。住んでる奴が変わってりゃ、家も変わっててもおかしくねえ」

ジャンの言う通りあの家の見た目が住んでいる人の人間性を表しているようで、少し怖い。

家の玄関らしき場所にくると、ジャンは躊躇《ちゅうちょ》なくドアをノックした。

しばらくすると、家の中から物音がして静かにドアが開かれた。

「なんじゃ、見ない顔じゃな。道具の作成依頼か？」

出てきた老人はジャンの顔を見るなりそう言う。変人だと聞いていたけど、少しファンキーな格好をしているが見た目はそれほど変には見えない。

「いや、ルーディア値を測ってもらいたくてやってきた」

「……そんなもん街の計測技師にやってもらえ。うちは道具屋だ。計測所じゃないぞ」

「街の最新式の計測機でも測れないからやってきたんだよ。あんたがそう伝言してたんだろ？」

「な、なんじゃと！　それは本当か！　くっ……まさか本当に存在するとはな……まあ良い。とりあえず入りなさい」

そう言って老人が家の中へと入るように言ってきた。俺たちは遠慮することなく言われた通りに家へとお邪魔した。

中に入ると、何かの工房のようで、色々な機械や道具が剥《む》き出《だ》して置いてあった。その一つを見たライザが驚きの声をあげながら機械の一つに近づく。

「ちょっと待って、なんて凄い技術なの……エレメンタルチューブをこんなに細く加工して……しかもこんな金属初めて見たんだけど……」

「何じゃ坊主、お前さん技術者か？」

「坊主じゃない！」

「すみません。ライザはこう見えて女の子なんです」

俺は小声で老人にそう教えた。

「ハハハッ、それは失礼したのう。お嬢さんは技術者なんじゃな。しかもその機械の凄さがわかるとは若いのに腕は確かなようじゃ」

「これはどうやってるんですか！　それにこの金属は何ですか!?」

「そうじゃな。教えてやりたいがワシも教えてもらって使ってるだけの技術だからのう。人に教えるほどのことは知らんのじゃ」

「教えてもらってるって……誰にですか？　ここにはあなたと、そこにいるお弟子さんしか見かけませんが……」

ライザが言うお弟子さんとは、工房の奥で機械をいじっている若い女の子であった。

「弟子？　ハハハッ、これまた大きな勘違いじゃな。師匠、お客さんです。例のルーディア値計測不能の人物だそうです」

「師匠!?」

あまりに驚いて、俺もライザもジャンも同時に声をあげる。

そう言われて、若い女の子は機械をいじるのをやめてこちらにやってきた。

「ルーディア値計測不能なのは誰だ？　お前か？」

「私じゃない、こっち」

ライザは俺を見てそう言う。

「なるほど。よし、お前。ルーディア値を計測してやろう」

「あのな、初対面の人間にお前とか失礼だぞ」

「そうか、名前を知らないからな」

「俺は勇太だ」

「ふむっ。なら、勇太。ルーディア値を計測してやるからこっちにきてくれ」

「その前に君の名前も教えてもらえるか」

「僕の名はラフシャルだ。そっちの干からびてる弟子はオービス」

「師匠、干からびてるってのは酷《ひど》いですよ」

「仕方ないだろ事実だ。弟子にして六十年、よくもまあここまで老けたもんだ」

「全然老けない師匠が異常なんです！」

「六十年！　ちょっとラフシャル……君はいったい何歳なんだ？」

「さぁ、数えたことがないんでね」

それが嘘《うそ》か本当かわからないけど、冗談には聞こえなかった。

「ほら、服を脱いでこの中に入るんだ」

「服を脱ぐ!?　君の前でか？　ちょっと恥ずかしいんだけど……」

「同性同士だ。別に恥ずかしがることはない」

「同性って……」

「君たちは見た目にとらわれすぎのようだな。こう見えても僕は男だ」

「えええっ！　嘘だろ？」

「本当だ、何なら見せてやろうか？」

「いや……大丈夫です……」

本当だったとしても嘘だったとしても嫌だったのでお断りした。

とにかく話が進まないので、俺は衣服を脱いで裸になった。ライザには一時的に外で待機してもらった。

裸になって入ったのは円柱の大きなカプセルで、中に入るとロックがかかり、あろうことか水が満たされていった。

「おい……ちょっと水が入ってきたんだけど！」

「大丈夫、それは水じゃない。エルクシールだ。死にはしないから安心していいよ」

そう言われても水嵩《みずかさ》が上がってくるのは恐怖以外なにものでもないんだけど……しかし、もう逃げ出すこともできない。俺は恐怖と戦いながら水がカプセル内を満たすのを待った。

カプセルの中を水が完全に満たしても不思議なことに呼吸をすることができた。カプセルの中から外を見ると、ラフシャルが何かの機械をカシャカシャ動かしながら丸い時計のような計器がたくさん並んだ機械を見ていた。しばらく計器を見ていた彼だが、急に何かびっくりするようなことがあったのかフリーズしたように動きを止めた。

「おい！　どうしたんだ。何止まってんだよ」

それに気づいたジャンがそう声をかける。しかし、恐ろしく集中しているのかラフシャルは反応しない。

「だから！　計測はどうなってるんだ!?」

その声でようやく動き始める。しかし、ブツブツ言うだけで明確な答えは言わなかった。

「いや、この数値はあまりにも……しかし……うん……」

「お〜い！　しっかりしろ！　計測結果はどうなってるか聞いてるんだよ！」

「あっ、計測は完了している」

それを聞いたジャンが詰め寄るようにその結果を聞く。

「おい。それで勇太のルーディア値はいくつなんだよ！」

「まあ、待て。その前に勇太をカプセルから出してやらないとな」

確かにその通りだ。息ができるって言っても、こんなところに閉じ込められるのはあまりいい気分がしないぞ。

カプセルから出されると、俺はすぐに服を着る。外に追い出されていたライザも呼ばれ、オービスがお茶を入れてくれた。

大きなテーブルの席に座りお茶を飲みながら落ち着いていると、ジャンがいきなり声をあげる。

「だっ！　だから勇太のルーディア値はいくつなんだよ！」

そうだった。オービスのお茶が美味《おい》しくて本題を忘れていた。ラフシャルは何かの結果を書いた紙を見ながらジャンにこう言う。

「せっかちな奴だな。計器が古代文明の物だから現代数値に計算し直してるんだ。少し待て」

「どうでもいいから早くしてくれ〜　気になって仕方ねえんだよ」

ジャンの言葉を無視して、ラフシャルの計算は続く。そして三分ほど待たされて出された結果は……。

「う〜ん……やっぱり何度計算しても2だな……」

「ほら、やっぱり2だろ。何回も言ってるのに信じないから」

ラフシャルの結果を聞いて勝ち誇ったようにそう言うがジャンはそれをまだ信じない。

「おい。計算間違ってんじゃやねえか？　こいつはな。メルタリア王国の国宝である魔導機を動かしたり、トリプルハイランダーも動かせないような魔導機も簡単に起動できる奴なんだよ。ルーディア値2なんてありえないだろ！」

ジャンの言葉にはあまり興味なさそうにラフシャルはこう言い返した。

「誰がルーディア値2なんて言った？　勇太は、ディメンションクラス2なんだよ」

「ディメンションクラスって何だよ」

「古代文明で定義されていた、潜在力値をクラス分けしたものだ。クラス2は上から二番目ってことだ」

「何だよ、二番かよ。勇太のことだから一番上かと思ったわ」

「その認識は間違いだ。定義されているだけで、古代文明時代にもクラス1など存在しない」

「それでよ。どうでもいいけど、結局、勇太のルーディア値はいくつなんだよ」

「ルーディア値なんて変動する数値にそれほど意味はないけどな。現在使われてるルーディア値の計測機は潜在力値の一部を測って平均値をとって表してるだけ。あれじゃ正確な潜在力値は測れない……まあ、目安にはなるけどね」

「いやっ！　だからその変動するルーディア値でいいから教えてくれよ！　もうこのままじゃ寝れねえんだよ！」

ジャンはラフシャルに縋《すが》り付《つ》いてそう懇願する。

「わっ、わかったから落ち着け。クラス２のルーディア値は最低でも１００万から２００万くらいだよ」

「ひゃくまんだと！」

「僕も驚いたけど、そこにいる勇太は正真正銘の怪物だ。古代文明での実在した最高クラスは3。落ち着いているように見えるかもしれないけど、信じられないくらい僕は興奮している」

１００万ね……やはりそう聞いてもしっくりこない。数値で人を判断すること自体に嫌悪感を持っているからか、自分の数値が高かったからと言って嬉しくも何ともない。

「ジャン。もう満足したか？　他にもやることあるんだからそろそろ行こうぜ」

「何言ってんだよ、勇太！　もっと興奮しろよ！　お前のルーディア値は１００万超えなんだぞ！」

「だから、前から言ってるけど、数値に興味ないんだって。仲間を守るために魔導機を動かせる、その事実だけで十分だ」

「まあ、そんなふうに言うのが勇太らしいけどな……まあ、それより、今日の予定の一つ、ここで済ませられるんじゃねえのか？」

「何だよ、それ？　魔導機整備所の工房を見回ってメカニック探さないでいいのか？」

「優秀なメカニックならここに二人もいるじゃねえか」

あっ、確かにラフシャルとオービスならライザも納得の人材だ。ライザもその意味を理解して賛成する。

「ラフシャルとオービス。うちで魔導機のメカニックやらないか？」

ジャンが単刀直入にそう切り出した。

ラフシャルは少し考えてからこう答える。

「メカニックね……いいけど条件がある」

「何だ。給与面ならいくらでも考えるぞ」

「いや、そうじゃない。勇太をたまに貸して欲しいんだ」

「ああ、そんなことならいいけどよ」

「よかない！　何だよ、俺を貸し出すって！」

「クラス2専用魔導機。僕はそれを作りたいんだ。そのためのデータを取ったり、テストに協力して欲しい」

「おっ、すげーな！　と言うか、ラフシャル。お前魔導機を一から作れるのか？」

「作れるよ」

簡単に答えたラフシャルの言葉に、ジャンとライザが心底驚いている。ライザが驚きの表情で質問する。

「一からって……ルーディアコアはどうするの？」

「もちろんルーディアコアも一から作成する」

「ルーディアコアを作成って……ラフシャル、あなた一体何者なの!?」

オービスがそれを聞いてこんなヒントを出してきた。

「師匠の名はラフシャルじゃよ。聞いたことないのか？」

そう言われてジャンがハッと何かを思い出した。

「嘘だろ……神話に出てくる名前だ。大賢者ラフシャル。魔導機を最初に作った人物だ」

神話って……それを聞いて一番に思ったのは、ラフシャルっていったい何歳なんだよ、であった。

△

「エミナ、今更疑問ですけど、どうしてこの面子《メンツ》なのかしら」

リンネカルロが私とアリュナを見て、嘆くようにそう言う。

「知らないわよ。あなたが勝手についてきたんでしょう」

アリュナに誘われて街に買い物に出たのだけど、どうしてかリンネカルロも一緒についてきた。

「ついてきたんじゃないですわ。たまたま私の向かう方向と貴方《あなた》たちの向かう方向が一緒だっただけですわ」

なんとも面倒臭いお嬢様だ。私は意地悪にこう提案した。

「それじゃここからは別々で行動する？」

「……まあ、ここまで一緒にきたのなら、今日は貴方たちに付き合ってもよろしくてよ」

本当に素直じゃない人だな。寂しいから一緒にきたかったたって言えばいいのに。

何にせよ、このまま三人でショッピングを楽しむことになった。大通りを歩きながら良さそうな店を探して歩く。

「エミナ、服を買いたいって言ってたよね。あの店なんていいんじゃない」

アリュナがそう私に勧めてくれる。確かに色々なタイプの服が飾られていて、品揃《しなぞろ》えも豊富そうだ。

「それじゃ、少しだけ寄らせて」

帝都の行きつけのお店に比べたら私好みの服は少なかったが、普段着ないタイプでちょっと気になるジャケットを見つけた。それを買うかどうかで少し悩む。値段は三千ゴルド。借金まみれで金銭感覚が麻痺《まひ》しているのか、かなり高額に感じてしまう。

「たった三千ゴルドでしょ。悩むくらいなら購入したらどうですの」

「今の私には三千ゴルドは大金なの！　もう少し考えさせてよ」

ここで三千ゴルドも使ってもいいのだろうか……この後立ち寄る店にもっと良い商品があったらどうするのだ。そもそも、お小遣いの一万ゴルドを今日一日で使うのは愚の骨頂、一週間の滞在でどのようなイベントが発生するか予想できない。ここはある程度の余力を残すのが吉であろう。

やっぱり買うのを諦めようとジャケットを戻そうとした。だけど、それをリンネカルロが奪い取り、カウンターへと持っていった。

「ちょっとリンネカルロ！」

「勘違いしないでもらいたいですわ。これはオルレアの件で迷惑かけたお詫《わ》びです。私は借りは返すタイプですの」

そう言ってジャケットの支払いを済ませて、私にそれを差し出した。本当に素直じゃない人だな。

私はリンネカルロに笑顔で礼を言ってジャケットを受け取った。

その後、次の店で気になる帽子を見ていたら、今度はアリュナがそれを買ってくれた。

「あんたと違って私は給与も貰ってるからね。余裕があるんだよ」

確かにそうかもしれないけど、どうやら私はかなり不憫に思われているようだ。

それから三人で楽しく街を回り、疲れてきたこともあり何かを飲もうと開放感のあるテラス席のある店へと入った。結局ここまで二人にお金を払わせて、私は一ゴルドも使っていない。有り難いやら申し訳ないやら……せめてここは私が払おうと心に決めていた。

「エミナ、あんた本国の家族とかに連絡しないでいいのかい？　手紙の配達人を雇うお金が足りないなら私が貸してあげるよ」

アリュナがそう提案してくれる。しかし……。

「ありがとう。でも、大丈夫よ。私には家族とかいないから……私はね、戦争孤児なの。私が生ま

れて直《す》ぐに両親は戦争で死んで天涯孤独……ルーディア値が高かったから国の施設に入れられてライダーになれたけど、もしルーディア値が低かったら奴隷か何かになってたでしょうね」

「そうかい……まあ、ならいいけど、国への連絡とかもいいのかい」

国へ連絡したらエリシア帝国はどんな手を使っても私を迎えにくるだろう——少し前ならそれを望んだけど、今はなぜかそうしたいとは思っていない。軍人としての窮屈な生活より、気楽で重圧感のない無双鉄騎団での生活の方がどうもしっくりきているような気がしている。

親友の結衣《ゆい》だけには私の無事を知らせたいと思っているけど、それは不可能であった。エリシア帝国は自国のライダーが他国へ引き抜かれるのを防止するために国外からの手紙は全て検閲が入るからだ。

結衣はどうしているだろうか……もしかしたら私が死んだと思って悲しんでいるかもしれない。それを考えると胸が痛くなる。だけど、それでもエリシアに生存を連絡する気にはなれなかった。

「国への連絡はそのうちね。今は必要ないわ」

そう答えて飲み物を口にした。エリシア帝国への忠誠心が完全になくなったわけじゃないけど、少しずつ薄れていくのは実感していた。

△

ラフシャルとオービスは後日、俺たちと合流することが決まり、それまでに準備をしておくそうだ。今請け負っている仕事を片付けたり、持っていく荷物を選別したりするそうで準備に数日はかかるとの話である。

優秀なメカニックの加入が決まり、ライザは終始ご機嫌だ。ライドキャリアに戻ると鼻歌まじりに魔導機の整備を始めた。苦労をかけていたライザがそれだけ喜んでいるのを見ると、ラフシャルとオービスの加入は正解だったと言えるだろう。

それから、ジャンがライドキャリアに戻ってきた仲間たちに、判明した俺のルーディア値を報告した。それによりちょっとした騒ぎになった。

「さすがは私の惚《ほ》れた男だね」

アリュナは冷静にそう受け止めた。

「ルーディア値100万から200万くらいって軽く言ってるけど、これが世間に知られたら大騒ぎになるわよ」

エミナは世間の反応を気にした。ジャンはエミナの言葉を聞いて、言うまでもないけどと前置きしてこう注意した。

「これは無双鉄騎団のトップシークレットだ。みんな他言無用だぞ。リンネカルロ、ユーディンとか国の奴らにも、ちくんじゃねえぞ」

「わかってますわよ。まあ、言っても誰も信じてくれないかもしれないですけどね」

そしてその他の仲間の反応はというと。

ナナミとファルマ、そしてロルゴの三人はルーディア値100万とかどうでもいいようで、本日の買い物で購入した品を見て喜んでいる。アーサーは俺を指差し口をパクパクさせて今にも気絶しそうな感じで震えていた。

さらに大賢者ラフシャルがメカニックとして仲間になると報告すると、あの大人しいファルマが珍しく興奮して喜んでいた。

「大賢者ラフシャル！　私の憧れの人です！　魔導機を作った最初の人。生きてたなんて素敵！勇太。本当にあのラフシャルが無双鉄騎団の仲間になるの!?」

「ああ、ちゃんと約束してきたよ。代わりに俺は何かに協力させられるけどな」

「どんな人だった？　素敵なおじさんかな」

「いや、おじさんなのは多分、中身だけだな。見た目は綺麗なお姉さんだ」

「そっか、お姉さんなんだ」

やはり興奮度がマックスなのか、見た目がお姉さんで中身がおじさんの矛盾を気にしない。

「ゆっ、勇太！」

さっきまで呆《ほう》けていたアーサーが変なテンションで俺を呼ぶ。そしてがっしりと手を握ってきた。

「なっ、なんだよ、アーサー！」

「き……君はことの重大さがわかってるのか！　100万だぞ、100万！　これは歴史を変える重大事件だ！」

「変な反応するなよ。さっきジャンも言ったろ。100万だろうが200万だろうが世間に公表する気はないし、だから事件にもならないよ」

「なんとももったいない！　ルーディア値１００万のライダーがいる傭兵団《ようへいだん》というだけで引く手あまた。それだけで一生安泰だぞ！　世界は無双鉄騎団に注目して人気者になり、この私だって……」

言いたいことはわかるけどな、なぜ手をがっしり握って力説する？

「リンネカルロ。どうにかしてくれ」

そう彼女に助けを求めると、近くにあったジャンの雑誌を手に持ち思いっきりアーサーの頭を叩《たた》いてこう言い放った。

「馬鹿言わないの、アーサー！　ルーディア値１００万の存在が世界に知られたらどうなると思ってますの。勇太を奪い合う世界大戦の始まりですわよ！　戦乱の世でどれくらいの犠牲が出るか想像しなさい！」

やはりアーサーにはリンネカルロだ。彼女の言葉に反論できないのか、それとも叩かれた頭が痛いのか彼は頭を押さえて蹲《うずくま》る。

「リンネカルロの言う通りだ。下手すると世界相手に戦争しなきゃいけなくなる。それと同じ理由で大賢者ラフシャルのことも内緒だからな。言っちゃダメだぞ」

ジャンが念を押してそうみんなに注意した。

「まあ、言ったとしても勇太のルーディア値も大賢者ラフシャルの話も誰も信じやしないだろうけどね」

アリュナが言うように話が大きすぎて、もはや冗談レベルなので、たとえ話がもれても騒ぎになる可能性は低いように思えた。

バラヌカでの初日が終わり、次の日——

どういう経緯かわからないけど、俺はリンネカルロと買い物に出ることが決まっていた。明日はアリュナで明後日《あさって》はナナミだそうだ。

「勇太、次はあっちですわ」

散々、買い物に付き合わされ、大量に購入した商品の荷物持ちをさせられていた。どうやら俺と買い物にきたのはそれが目的のようだ。力だけならロルゴの方が遥《はる》かにあるから彼を誘えばいいのに……。

「リンネカルロ、ちょっと休もうぜ」

重い荷物に体が悲鳴をあげている。一旦休まないとちょっと辛《つら》くなってきた。

「し……仕方ないですわね……そ、それじゃ、あそこで休憩しましょう！」

リンネカルロはなぜか顔を真っ赤にして大きなホテルを指差してそう言った。

「いや、そこまでの大休憩は必要ないよ。ちょっと座りたいだけだから、そこのお茶屋で十分だ」

「そ……そうですわね。お茶にしましょう」

リンネカルロはちょっと残念そうに同意する。

お茶屋では俺はコーヒーに似ている炭豆茶を注文して、リンネカルロはフルーツたっぷりの果実水を注文した。

「炭豆茶なんて美味しいですの？」

「美味しい美味しくないじゃない。雰囲気が大事なんだ」

「よくわかりませんわね」

「そっちはどうなんだ？　その器を覆い隠すフルーツてんこ盛りのジュースは」

「まあまあですわ」

正直ここの炭豆茶はイマイチだったこともあり無性にリンネカルロの飲んでいるジュースが飲みたくなった。

「ちょっと味見させてくれ」

そう言ってジュースを取りあげた。彼女の使っていたストローを使うのは悪いと思いグラスに口をつけてそのまま一口頂く。

「うん、よく冷えてて美味しいな」

「た……確かによく冷えてますわね」

そう言いながらリンネカルロは俺と同じようにグラスに口をつけて飲み始めた。

「あれ、ストロー使わないのか？」

「ゆ……勇太がこうやって飲んでるのが美味しそうに見えたので真似《まね》してみただけですわ！」

ちょっと怒った感じでそう言われる。何か悪いこと言ったかな……。

それからリンネカルロの買い物は、ほとんどの店が閉店する時間まで続いた。最後は小高い丘のレストランで食事をして終了となる。

次の日、今日はアリュナとお出かけである。朝早くに叩き起こされた。

「アリュナ、今日はどこ行くんだ？」

「良いとこよ。勇太と、二人っきりになれるところだよ」

アリュナは街の商店で食品など色々買い込むとライドホバーをレンタルした。

そのままそのライドホバーで走り、街の郊外までやってきた。そこは湖の辺りで自然豊かな場所であった。

「ほら、勇太。そっち持って」

「ここか？」

アリュナはそこにテントを張り始めた。どうやらここでキャンプをするらしい。

「こっちの世界にもキャンプって文化があるんだな」

「昔に地球人が広めたらしいわよ」

「あっ、なるほど、そういうことか」

テントを張ると次は火を起こしキャンプ飯を作り始めた。まあ、キャンプ飯といっても調理は豪快というか単純、肉を直火《じかび》で焼いたり野菜を切らずに火に当てて焼いたりとそんな感じだ。

飯ができると二人で椅子に座り、湖を見ながらそれを食べる。アリュナはよく冷えたお酒を飲みながらリラックスしているようだ。

「勇太、もうこっちの世界には慣れたのかい？」

不意にそう聞いてきた。

「そうだな、慣れたといえば慣れたかな。特に不便に思うこともないし変なストレスもないから適応しているみたいだ」

「そう、ならいいんだけど困ったことがあったらいつでも言いなよ」

「わかってる。その時は相談するよ」

無双鉄騎団で何かを相談するならアリュナかジャンになるだろうな。なんとなくそう思った。

「それより、せっかくテントも張ったし、今日はここで泊まっていくかい？」

デイキャンプだとばかり思っていたので、そう聞かれて戸惑う。

「テ、テントっていっても一つしかないだろ」

「あら、私にはその方が都合がいいんだけど」

「泊まる予定じゃないし、帰らないとみんな心配するからダメだ」

「ちぇっ、確かに泊まったりしたらナナミやリンネカルロに何言われるかわかったもんじゃないね。まあ、今日はこうして勇太とこの景色を独占できているだけで良しとしようか」

そう言いながらお酒を、くいっ、と飲み干す。どうやら帰りのライドホバーの操縦は俺になりそうだな。


今日は朝からナナミがご機嫌だ。俺とのお出かけをすごく楽しみにしていたようで、まだ日が昇っていない時間に叩き起こされた。

「勇太〜！　ほら今日はナナミとずっと一緒だよ」

「わかったよ。最近、あまり二人で遊ぶ時間がなかったからな。今日は思いっきり楽しもう」

俺がそう言うとナナミは嬉しそうに頷《うなず》いた。

ナナミが最初に行きたがったのは動物園であった。この世界にもそんな施設があるんだと、少し嬉しかった。この世界の動物だけど、やはり異世界だけあって地球の動物とは大きく異なっていた。

「可愛《かわい》いよね♪」

「……そうだな」

俺の美的感覚がおかしいのか、ちっとも可愛いとは思わなかった。動物はどれも凶暴そうな風貌で、動物というより怪物といった感じである。

しかし、ナナミが嬉しそうに見ているので良しとしよう。

それから小動物と触れ合えるエリアへと移動した。小動物も、地球人の感覚では決して可愛いとは言えないものであったが、これにもナナミは大喜びである。

「見て、見て！　この子すごく可愛いよ！」

いびつな目玉のネズミのような生き物をなでながらそう言う。ナナミは俺にも触りなよと持ってくるが、丁重にお断りした。

次のエリアへ移動する途中、ナナミが不意にこう聞いてきた。

「勇太は家族でこういうところにきたりしたの？」

「そうだな、たまにだけど行ったりしたよ」

ほとんど渚《なぎさ》の家族と一緒だったけど、ごく一般的な頻度で旅行などは行ってたな。

「そうだよね……ナナミはそんなのなかったから……」

あっ、しまった。ナナミは家族に売られたくらいだからそんなイベントあるわけない。俺は慌ててフォローする。

「だったらこれからはいっぱい、こういうところにこないとな。無双鉄騎団はもう家族みたいなもんだろ。そうだ、今度はみんなも連れてくるか！」

そう言うと一瞬、ナナミは驚いたような表情をした。しかし、すぐに笑顔になってこう言ってくる。

「そうだね。ファルマやロルゴと一緒も楽しいかも」

そんな笑顔を見て改めて思った。過去が辛かった分、未来はもっと良いものにしてあげなければ……。

☆

メルタリア王国の王都は、大きな内乱の後ということもあり、慌ただしさと静けさの混在する独特の雰囲気で私たちを迎えてくれた。まずは情報が必要である。クルスさんの手配のもと、手分けして勇太くんが所属する無双鉄騎団の足取りを調べた。

「南《みなみ》先生、無双鉄騎団はすでにこの国にはいないみたいです」

一日の情報集めだったけど、思ったより簡単に欲しい情報を得ることができた。無双鉄騎団はすでにメルタリアを出国していることがわかった。

「一足遅かったようね。私たちも急いで無双鉄騎団を追いましょう」

勇太くんを早く保護しないといけない。私はすぐにそう決断した。だけど、山倉《やまくら》くんが無双鉄騎団の情報以外にも気になる情報を得てきていた。

「南先生。ちょっと気になる情報がありました。もしかしたらこの国に勇太以外のクラスの奴がいるかもしれないです」

山倉くんの情報を聞いて今村《いまむら》さんが何かを思い出したようだ。

「そう言えばメルタリア王国って御影守《みかげまもる》が買われた国じゃなかったっけ？」

「御影くんがここにいるのですか!?」

「私もはっきりとは覚えてないですけど、多分メルタリア王国だったと思います」

勇太くんを追うか、御影くんを探すか少し迷う。私の最終的な目的はクラス全員と元の世界へと戻ることである。ここで勇太くんを追ってこの国を出ても、いつかは御影くんを迎えにくる必要がある。ここは御影くんを早急に助けて、その後に勇太くんを追うのがいいわね。

「わかりました。無双鉄騎団を追うのは後にしましょう。まずはこの国で不当に扱われている御影くんを救出しましょう」

私たちのその会話を聞いていたクルスさんが、思い当たることがあったようで話に入ってきた。

「守ならよく知っているわよ。あなたたち、守の知り合いなの？」

「クルスさん。御影守くんを知っているのですか？」

「ええ。部下でしたから、よく知っています。そういうことなら私に任せて。役に立てると思うわよ」

なんともありがたい話だ。私たちはクルスさんの協力を得て、御影くんの救出に乗り出すことになった。

御影くんは、王宮の近くの軍の施設で暮らしているらしい。国の重要な施設が多くあることから、許可のないライドキャリアで近づくことはできない。徒歩で移動するには広すぎるので、小型のライドホバーを用意した。

クルスさんは顔をフードで厳重に隠して見られないようにしている。聞くと、事情があって、この国の人間に見られるわけにはいかないそうだ。

「もしかしてクルスさん。この国から追われているのですか」

判断のミスは死を意味することもある。協力関係を維持して頼りにするからには、彼女の置かれた立場や状況を理解する必要があった。違ったら失礼なことかとは思ったが、はっきりとさせるために尋ねた。

「追われているのは間違いないけど、心配しなくてもいいわよ。まだ、私の影響力は健在だし、私のためなら国を裏切ってでも協力する人間はたくさんいるわ」

その話が嘘だとしても大した問題ではなかった。役に立たないと思えば彼女を切り捨てればいいだけの話である。それより、リスクについて考える。ただでさえ密入国という悪い立場において、逃亡者と行動を共にするのはかなりの危険を伴っている。たとえばメルタリアに彼女を引き渡すという選択肢はどうだろう。それと交換に密入国を不問にしてもらい、御影守くんとの面会を求める。悪くない選択だけど、クルスさんにその交換条件に見合うだけの価値がなければ一気に危険な状況に陥るだろう。

クルスさんにどれほどの価値があるか、それともその価値以上に私たちの利になるか……見極める必要がありそうね。

クルスさんは、まずはその利用価値を示した。現在、御影守くんのいる場所を特定すると、内部の人間と接触して、秘密裏に会えるように段取りしてくれた。

「今夜、東にある魔導機の整備施設に守を連れてくるように伝えました。そこから先はあなた方の好きなようにすればいいでしょう」

「クルスさん。ありがとうございます」

「礼など必要ないわ。私たちは協力関係でしょう？　お互いのために尽くしましょう」

クルスさんはそう言うと微笑《ほほえ》んだ。その笑顔の奥に何かあるように思える。礼などではなく、別の何かを求めているような気がした。

約束通り、その日の夜、整備施設に二人の人物が現れた。御影守くんともう一人はクルスさんの知り合いで、御影くんをここに連れてきてくれた人物のようだ。

「御影くん！　無事でよかった」

「み、南先生！　僕に会いたい人って、南先生だったんですか⁉」

「はい。貴方を助けにきました。一緒にこの国を出ましょう」

「ちょっと待ってください！　どういうことですか？　僕は別にこの国から出ようと思ってませんよ」

可哀想《かわいそう》に……どうやら洗脳教育されているようね。担任である私の意見を聞かないなんてありえない。

「ダメよ、御影くん。貴方は私たちと一緒にこの国を出るのよ。それが正しい選択なの。この国の人間に騙《だま》されてはダメよ！」

「メルタリア王国の待遇は悪くありません。そ、それに、僕には結婚を約束した女性がいます。彼女と、この国で暮らすのが今一番の望みです」

「結婚!?　御影くん、貴方はまだ十七歳でしょ？　結婚なんて考える年齢じゃないじゃないですか」

まさかこんな子供を繋《つな》ぎ止《と》めるために女性を使っているとは思いもしなかった。確かに下手な洗脳より有効な手法かもしれないけど……。

「年齢なんて関係ありませんよ。それにこの国の成人年齢は十六歳です。もう結婚できるんです。そういうことで僕はこの国から出る気はありません。今日、南先生に会えたことは嬉しいことですけど、僕は大丈夫ですから気にしないでください」

「御影くん、みんな貴方がくるのを待っているのよ」

「みんな？　他のクラスメイトと一緒なんですか？」

「そうよ。みんなで日本に帰る手立てを探してるの。貴方は帰りたくないの？」

「……帰りたい気持ちはあります。だけど、やっぱり僕はここに残ります。彼女を愛してるんです」

ダメだ。恋愛感情で冷静な判断ができなくなっている。このままでは何を言っても無駄だろう。だけど、諦めはしない。必ず御影くんを取り戻してみせる。そのためには何をするべきか……そうね、やはり元凶を取り除くしかないようね。

御影くんを救出するために、次の行動に移った。まずは情報を得る必要があった。御影くんを縛っている存在、結婚を約束した彼女が誰なのかを探る。

「どうやら整備部のチェイニーという人物のようよ。すでに周りからは認知されている仲のようで、内部の人間に確認したらすぐにわかったわ」

追われているはずのクルスさんだが、本人の言うように、彼女を無条件で助ける存在は、まだこの国には多くいるようだ。少し動いただけで、必要な情報を持ってきてくれた。

「それで、守の婚約者をどうするつもりなの？」

「話をして別れてもらいます」

「酷い話ね。二人は愛し合っているのでしょう？　それを一方的に別れさせるなんて」

「まだ子供の御影くんを、その女性が本気で愛しているなんてありえません。彼をこの国に滞在させるための楔《くさび》にすぎないでしょう。それから解放してあげるだけです」

「面白い考えね。やっぱり瑠璃子《るりこ》、あなたは素晴らしいわ」

私と婚約者が会って話したことを御影くんが知ったら、いい気持ちはしないだろうし、何か勘繰る可能性もある。御影くんの周りには知られないように秘密裏に接触することにした。

クルスさんは想像以上に仕事のできる人物だった。私の話をすぐに理解して、完璧に理想通りの段取りをしてくれる。

「あそこのレストランにチェイニーを誘い出したわよ。少ししたら同席した上司は席を離れますから、そのタイミングで話をしなさい」

事前に聞いていた、チェイニーの特徴であるオレンジ色の髪の女性は一人しかいなかったので、すぐにチェイニーがどの女性かわかった。私は彼女の席の近くに座って時を待つ。

しばらくすると、予定通りチェイニーと同席していた人物が席を外す。それを見計らって彼女の席へと行った。

「こんばんは。チェイニーさんですね」

知らない人物に名前を呼ばれて動揺していたけど、間を置いて返事が返ってきた。

「はい。そうですけど、貴方は？」

「私は御影守の保護者のようなものです」

御影守と聞いて、少し状況を理解したのか警戒を緩める。

「守さんの……何も聞いていなかったので、そのような人がいたとは知りませんでした」

「そうですか。それより座っていいかしら」

「あっ、すみません。どうぞ」

返事を言い終わる前には着席していた。

「それで、守さんの保護者の方が、私にどのような用事があるのですか」

「単刀直入に言います。御影くんと別れて欲しいのです」

「えっ！　そ……そんな……どうしてそんなことを言うんですか！」

「御影くんが地球人だってことくらいは知っていますね？」

「はい……聞いています」

「私たちは地球に戻ろうとしています。しかし、御影くん一人がそれに難色を示してきました。理由を聞くと貴方のことを話してくれたのです」

その言葉に、チェイニーは嬉しそうな表情をした。私相手にもそんな演技を見せるとは抜かりのない女だ。

「そうです。私と守さんは将来を誓い合っています。ですから守さんには地球に帰って欲しくありません」

「勝手なこと言わないで!!　地球には御影くんの家族もいるのよ！　貴方は愛している男性と、家族を引き離して平気なのですか！」

「平気じゃありませんけど……守さんは、守さんはなんと言ってるんですか!?」

「御影くんは貴方との関係がある限りここに残ると言っています。だから別れなさいと言っているのです！」

「嫌です！　私も守さんと一緒にいたい！　離れたくないです！」

なんて身勝手な女なの。自分が邪魔になってるって理解しないのかしら。

「そんな貴方の行動が御影くんの重荷になっていることに気がつかないのですか？　彼は本音では地球に帰りたいと思っているのですよ？　それを理解しなさい」

「それでも彼と別れるなんて絶対に嫌です！」

同じ女だからこそわかる。この子は絶対に折れない。別れるという選択は死んでもしないだろう。それが本当の気持ちだろうが、御影くんを引き留めるための偽りの気持ちだろうがもうどうでもいい。私たちの邪魔をするなら方法は一つしかなかった。

「御影くんに対する貴方の強い思いはわかりました。もう何も言いません」

「ほっ、本当ですか」

「はい。あっ、そうだ。もうそこまでお互いが思っているのなら、すぐにでも婚姻すればどう？」

「すぐに婚姻ですか!?」

「そうよ、お互いがそう思っているのなら早い方が良いでしょう。そうだ。私からもなにかサプライズの用意をさせてちょうだい。それまで、御影くんには、私と貴方が会ったことは黙っててもらえるかしら？」

「サプライズですか、私たちのことをそこまで考えてくれてありがとうございます」

「保護者として当然のことです」

二人の関係を認める形でその場を後にした。しかし、本当に婚姻を祝福する気はない。ああでも言わないと、チェイニーは御影くんに私に会ったことを言うだろう。そうなると後々面倒なことになる可能性があるので避けたかった。

私はライドキャリアに戻ると、クルスさんにあることを相談した。

「爆発物が手に入らないかとは穏やかではないわね。何に使うの？」

「魔導機の整備作業には、常に事故の危険が伴っているとは思いませんか」

私がそう言うと、クルスさんは心の底から込み上げるような含み笑いで応えた。

「ククク ッ……そう、面白いわ。確かにそうね。整備には事故がつきものだもの、仕方ないわ。わかったわ。強力な爆発物を手に入れてあげる」


この世界でも爆発物を手に入れるのは大変だったようだ。クルスさんがそれを私に手渡してくれたのは二日後だった。

「これはある一定の温度になると大爆発する石よ。そして、こちらが熱を発生させる二種類の液体になるわ。液体は、二つが混ざり合うことで熱を発生させ始める。この二種類の液体を入れる筒を使えばいいわ。筒の中で二種類の液体を遮っている壁は、液体を入れて一時間ほどで溶けてなくなっていくわ。壁がなくなれば二種類の液体は混ざり合う……頭の良い瑠璃子にはこれ以上の説明は不要よね」

時限式の爆弾が作れるということを言いたいようだ。確かにそれは都合が良い。私はクルスさんに礼を言ってそれを受け取った。

「礼なんていらないわよ。その代わり、この件が片付いたら、今度は私の手伝いをしてちょうだいね」

本当は他人の手伝いをしている暇などないのだけど、協力関係の約束をしていることもあるので仕方ないだろう。私は頷いてそれを了承した。

これからする行動は生徒に知られたくなかった。単独で動く必要があり、誰にも見られないように動く必要があった。

クルスさんからチェイニーの仕事場の情報は得ていた。さらに忍び込む手筈《てはず》も整えてくれた。事前に入手したローテ表から、チェイニーの整備担当する魔導機を確認する。

あれで間違いないようね……。

整備工場内にはまだ誰もいない。就業開始まで一時間。三十分前には早番の担当がくるそうなので、それまでに目的を達成する必要があった。

チェイニーの担当する魔導機に、用意した爆発物を設置する。さらに爆発物の周りには、金属片を多数敷き詰めて、殺傷力を上げる。狙いは確実に実行されなければいけない。

二種類の液体を入れて壁が溶け始めるのが一時間後。さらに液体が混ざり合い、熱を発生して、石が爆発するまで約三十分……丁度良い時間だ。

爆発物を設置したら、見つかる前に整備工場を後にする。

工場近くの空き地で、用意していた炭豆茶を飲みながらその時を待つ。

そして予定通り、大きな爆発音が聞こえた。工場の方からモクモクと黒煙が立ち上る。私はその光景を眺めながら、聞き分けのない整備士に対してこう言葉を送った。

「私のサプライズ、気に入ってくれたかしら」

もちろん返事はない。だが、私は満足していた。それを表すように、自分が笑顔であることに気がついた。

☆

今日はラフシャルとオービスの引っ越しの日だ。

二人の荷物を運び込むのに無双鉄騎団の仲間たちが招集された。

「これを運ぶのか!?」

ジャンが驚いている荷物の量だが、家丸ごと一軒分はありそうな膨大なものだった。

「これでも選別したんだけどね。やっぱり必要な物が多くて……」

「必要な物って言ってもよ。このボロボロのタンスなんて、もういらねえだろ?」

「それは思い入れのあるタンスなんだ。数百年前に知り合った友人から譲り受けた大事な物で、彼の形見でもあるから捨てられない」

「じゃあ、こっちのボロボロの机はどうなんだ?」

「それも凄く大事な机なんだよ。数千年前に仲良くしていたご近所さんから貰った物で、今でもその机を見ていると彼らを思い出せるんだ」

よく考えたらラフシャルってとんでもなく長生きしてるんだよな。だから思い出の品が大量にあるんだと思われる。

「仕方ねえ、手分けして運ぶぞ。大きい家具や道具は魔導機で運んでくれ」

男性陣と大人の女性は手で運びナナミとファルマは魔導機での運搬係になった。

大量の荷物であったが、みんなで運べば、それほど時間はかからなかった。半日ほどで全ての荷物をライドキャリアへ運び込んだ。

「フッ～、よし！　全部運んだな。それじゃ腹も減ったし、ちょっとした歓迎会でもやるか」

ジャンの提案を反対する者はなくラフシャルたちの歓迎会の準備が始まった。ジャン、ファルマ、ナナミが料理を作り、アリュナとエミナが飲み物などを用意する。そしてアーサーはみんなにこき使われている。

俺は歓迎会の前にラフシャルに見てもらいたい物があったので、バタバタと準備中、悪いとは思ったがラフシャルを連れて格納庫へとやってきていた。

「この魔導機なんだけど……」

ルーディアコアを作成できるラフシャルなら『ヴィクトゥルフ』を直してもらえるんじゃないかと、相談していた。

「驚いた。『ヴィクトゥルフ』じゃないか……まさかこんなところでまた出会うとはね」

「知ってるのか、ラフシャル」

「これは僕の弟子の一人が作成した魔導機だからね」

「おっ、それじゃ直したりできるかな」

「もちろん修理できるよ。任せてよ」

その言葉を聞いて安心する。いざという時は強力な『ヴィクトゥルフ』の力が必要になるかもしれない。直しておいて損はないからな。だけど、壊れた箇所を見ていたラフシャルがこう言ってきた。

「ルーディアコアがかなり磨耗しているな……コアを生成し直す必要があるかも……」

「大変なのか？」

「大変というよりお金が凄くかかる」

「そうなのか？　まあ、お金の問題ならジャンに相談してみるけど、どれくらいかかるんだ？」

「材料にオリハルコンと鳳凰石《ほうおうせき》が大量に必要なんだ。どちらも十キロくらいないとダメだから……オービス、今のオリハルコンの相場って知ってるかい？」

「そうですな。確か一グラムで百万ゴルドくらいかと」

「やっぱりそれくらいするよね」

「ちょっと待って！　十キロってことは一万グラムってことだよな。ひゃ、百億ゴルド！」

「しかもまだ安い方のオリハルコンでその値段だからね。鳳凰石はその倍はするよ」

「百億でも高いのにさらに二百億くらい必要って……合わせて三百億！　無理だ！　物理的に無理だ！　そんなのジャンに言ったら驚いて死ぬかもしれない」

「だよね。でも、クラス2用魔導機の作成にもルーディアコアの生成をする必要があるからね。どのみち手に入れる必要があるんだよな」

「師匠、前に話してくれた巨獣の巣の話はどうですかな」

オービスが師匠のラフシャルに何やら提言する。

「巨獣の巣か。まだあるかな……確かに旧文明時にはオリハルコンも鳳凰石も沢山取れたけど、魔導機の大量生産でかなり発掘されたからね」

「どのみち必要なんだろ？　じゃあ、その巨獣の巣とやらに取りに行こうぜ」

俺がそう言うと、ラフシャルは少し考えて同意した。

「そうだね、ダメ元で行ってみようか」

そう結論が出たところで、歓迎会の準備ができたようだ。ナナミが嬉しそうに呼びにきた。

「勇太。何してるの!?　もうナナミお腹《なか》ペコペコだよ！」

「わかった。すぐ行くよ」

ナナミにそう返事するとラフシャルにこう話をした。

「その話は後でジャンたちにもしよう。お金になる話だし賛成すると思うよ」

それより、今はとりあえず飯だ。ナナミの言うように空腹で倒れそうだ。俺とラフシャルとオービスはナナミに急《せ》かされながら歓迎会の場へと向かった。


「三百億だと！　何、血迷ったこと言ってんだよ！　そんな金用意できるわけねえだろう！　寝言は寝てから言え！」

ルーディアコアの生成に必要な材料の話をジャンにすると想像通りの反応をする。

「いや、だからその素材を自前で用意しようって話だ」

「用意って言ってもな。オリハルコンと鳳凰石だろ？　超レア素材じゃねえか。そんなもんホイホイとその辺に落ちてるもんじゃねえぞ」

「それはラフシャルに心当たりがあるそうだから」

ラフシャルは何かの本を読みながら顔を上げることもなく話し始める。

「まあ、昔は沢山あったんだけどね。今はどうかわからないけど一応行ってみる価値はあると思う。いっぱい取れたら凄い儲《もう》けになると思うしね」

「ほほう。オリハルコンと鳳凰石の隠し鉱山か……それが本当なら興味あるな。それでその場所はどこなんだ？」

「巨獣の巣だよ」

ラフシャルが短くそう答えるとジャンは一瞬固まる。

「……嘘だろ……て言うか、巨獣って本当に存在してたのか!?」

「いたよ。人類の敵として大陸に君臨していた。大きなもので体長百メートル近くある怪物……強固な皮膚、岩をも軽々と破壊するパワー……そんな強力な巨獣に対抗するために僕は魔導機を作ったんだ。だから本来は人同士が戦う道具じゃないんだけどね……今では人類同士の醜い争いに使われてる。発明者としては少し残念だよ」

「そうか……巨獣なんて単語、今は昔話の怖い話で聞くくらいだからな。どうして巨獣は滅んだんだ？」

「巨獣は滅んでなんかいないよ。大陸にいくつかある巨獣が湧き出るポイントを封印しているだけなんだ。だから封印が解かれたら、またワラワラと湧き出てくるよ」

「冗談だよな？」

「いや、本当の話だよ。もし、そうなったら今の人類にはどうすることもできないかもね……次に地上から消えるのは人間の方になるかも」

「怖え話《こえはなし》だな……それでその怖い巨獣の巣に行くって言うのか」

「封印は強固だからね。そう簡単には解かれたりしないよ」

「ならいいけどな。場所はどこなんだ」

「ここから一番近い巨獣の巣はディアーブルかな」

「ディアーブルだって!?　あの失われた大地か！　近いったって随分、北だぞ」

「大丈夫。実は抜け道があるんだ。大陸の地底を回流している地底海流に乗ればすぐに行ける。地底海流の入り口はここから東にあるビールライフ渓谷ってところだから、そこまで行けばそれほど時間はかからないよ」

「ビールライフ渓谷……どこだよ、それ」

「確か、現在の地名だとエモウ王国っていう小国の南辺りだったと思う」

「エモウね……聞いたことねえな。あの辺りは小国が無数にあるから、よくわかんねえわ。まあ、とりあえず次の目的地はエモウ王国だな」

「次の目的地はいいけど、ライドキャリアの搭乗員の求人はどうなったんだ」

巨獣の巣の件の話が一区切りついたようなので、ここでの目的の一つである求人の状況を聞いた。

「明日、面接だ。二十名くらい応募があったから半分くらい採用することになるな」

「メカニックは応募があったのか？」

「それがよう、三人も応募してきたんだよ。ラフシャルとオービスでもう十分だと思ったけど、良さそうな人材だったら追加で雇ってもいいかもしれんと思っている。明日、そっちも面接だ。あっ、そうだ。ラフシャル、オービス。面接官はライザに頼んだけど、お前たちも同席してくれるか？いい人材かどうか見極めてくれ」

「僕にそんな大役つとまるかな」

「大賢者が何言ってんだよ。頼んだぞ」


次の日——

予定通り面接が行われた。面接会場は俺たちのライドキャリアのレセプションルームで、食堂を待合室にして対応した。

ジャンは半分くらい採用と言っていたが、結局、搭乗員として採用したのは十五名にもなった。それとライドキャリアの操縦者として一人、メカニックは二人の採用を決めた。

「とりあえず新しく雇ったライドキャリアの操縦者と、メカニックを紹介するぞ」

ジャンがそう言って三人の人物を連れてきた。

「まずはライドキャリアの操縦者のフィスティナだ」

フィスティナは水色の長い髪の女性だった。瞳の色も透き通った綺麗な水色で、見つめられると吸い込まれそうになる。

「メカニックはこの二人だ。ダルムとバルムの兄弟だ。雑用係でもあるからこき使っていいぞ」

ダルムとバルムの兄弟は双子なのか瓜二つ《うりふた》であった。二人とも二mくらいある大男で、筋肉モリモリのプロレスラーみたいだ。ラフシャルとライザの力仕事をしてくれる人手があると助かるとの意見からこの二人は採用となったらしい。

この三人もそうだが、搭乗員も含め新人はすぐに全員合流できるそうだ。急ではあるけど、明日にはバラヌカを出発することになった。

二章

古代文明の遺跡

◇

大賢者の祠《ほこら》の調査隊は最近新造された戦艦タイプのライドキャリアで向かうことになった。魔導機が二十機格納できる大型艦で、ただの遺跡調査には行きすぎた装備に見える。

「結衣、見えてきたわよ。あそこが失われた大地ディアーブルよ」

メアリーがそう教えてくれる。そこは失われた大地の言葉がぴったりのミステリアスな雰囲気で、明らかに異質な場所であるのがわかる。

「本当に怪獣か何かが出てきそうね」

「巨獣ね。今はいないみたいだけど、私はちょっと期待してるんだ。生き残りの古代生物との出会いなんてロマンがあるじゃない」

メアリーのその言葉が気に入らなかったのか、何かの本を読んでいた学者の一人が冷たい口調でこう反応する。

「そんなロマンのために巨獣の出現を希望されたらたまったもんじゃないわ。貴方たちは巨獣がどんな存在だったか理解してないようね」

その言葉の言い方が気に入らなかったのか、メアリーは直ぐにこう言い返す。

「それでは説明してくださるかしら、ドクターブリュレ」

メアリーにドクターブリュレと呼ばれたのは、今回の調査の主任学者であるブリュレ博士であった。ブリュレ博士は私たちと年もそんなに離れていない女性で、若くして帝国最高の考古学者と呼ばれている才女である。

「そもそも魔導機はどうして生まれたかご存知かしら」

「さぁ、戦争に勝つためじゃないの」

「人間同士の戦いのためなら機体をあんなに大きくする必要はないでしょう」

「ちょっと待って。あなたは巨獣との戦いのために人は魔導機を作ったっていうんですか」

「私の仮説ですけど、その可能性が大いにあると思います。それによく考えてみて、なぜ巨獣は滅んだのか……魔導機との戦いに敗れて、滅んだと私は考えています」

「なら、尚更《なおさら》巨獣を恐れる必要はないのでは？　私たちにはその巨獣を打ち破った魔導機があるのですよ」

「フフフッ……本当に何もわかっていないのね。『一割』この数字が何か知ってる？」

「いえ、想像もできないから説明してください」

「発掘されても、起動ルーディア値が高くて動かすことができない魔導機の割合よ」

「そ、それはどういう意味!?」

「魔導機が作られた時代、その時代の人々は、どういうわけか平均的なルーディア値が現在より遥かに高かったのよ。古い文献の一つによると起動ルーディア値10万以上の魔導機も多く存在したとの記実もあるわ」

「起動ルーディア値10万なんて、何かの間違いじゃ……」

「どうかしらね。だけど、それが本当だったら巨獣とはルーディア値10万を超えるライダーたちが命がけで戦った相手ってことになるのよ」

10万以上のライダー……私の知っている最高のルーディア値はユウトさんの５７０００だ。その倍の値のライダーなど想像もできない。

「でも、それって全て博士の仮説なんですよね？　ルーディア値10万なんて信じられません」

「信じるか信じないかはそれほど重要じゃないわ。実際、巨獣がそれほどの脅威であった時、私たちを守るべき貴方たちライダーが何をしてくれるかってことよ。想像以上に強かったから守れませんでした、じゃ話にならないでしょう」

博士の言いたいことは要は油断しないでちゃんと護衛の任務をしてくれってことなんだろう。それが伝わったのかメアリーもそれには反論しなかった。

大賢者の祠の調査の第一歩は、ディアーブルを隈《くま》なく見回り、気になる場所がないか探すところから始まった。

「大賢者の祠ってどんな場所なんだ。それがわからないことには調べようがないな」

エンリケがブリッジから外を見てそう言う。確かにこうやって見ていても同じような風景ばかりで何を見ればいいかもわからない。

「それは私たち学者に任せればいいわ。自然ではない不自然な箇所、そこには人的な意志があるのよ。それを見極めるのも考古学者の能力の一つだから」

その自然ではない不自然な箇所は予想より早く見つけることができた。発見したブリュレ博士は慌ただしくこう指示をする。

「あそこの岩場、そう。あの辺りでライドキャリアを停止してちょうだい！」

素人目には何が不自然なのかわからないけど、ブリュレ博士が興奮しているのを見ると余程の大発見だと私も少しワクワクしてきていた。

「この岩場、明らかに人工的に手を入れた形跡が見られるわ」

ブリュレ博士はそう言いながら、いくつもの岩が積み上げられた場所をウロウロする。他の二人の博士に何やら指示を出してそこを調べ始めた。

「結衣。博士たちの調査中の安全を確保するわよ。魔導機で周辺を探索しましょう」

メアリーの言葉で護衛のライダーたちはすぐに準備を始めた。準備の終わった者から魔導機を出撃させる。

調査隊の護衛に、その場に三機の魔導機を残した。他の魔導機は周辺を探索するために散っていった。

しばらく周辺を警戒しながら『エルヴァラ』で回っていると、言霊箱から通信が入ってきた。

「結衣。博士たちが何か見つけたみたい。魔導機の手が必要だから戻ってきて」

メアリーに言われ、私は博士たちが調べている岩場に戻った。どうやら全ての魔導機が帰還しているようだ。

これだけの魔導機が必要になることとはなんだろうと思っていたが、それは単純作業であった。

「この下に何かあります。悪いけど魔導機でここにある岩を全て退《ど》かしてちょうだい」

そこには魔導機くらいの大きさのある岩が無数に積み上げられていた。

魔導機を使って作業するといっても、この量を退かすのは骨が折れそうだ。他の仲間たちも同じように思ったのか場は暗い雰囲気になる。


――五時間ほど経過して――


岩の撤去作業を続けた結果、埋もれていたそれが姿を現した。

「あったわ！　間違いない！　古代文明の遺跡よ」

姿を現したのは明らかに人工的な黒い石碑で、前面に何かの文字が書かれている。ブリュレ博士は何かのメモを見ながらそれを解読していく。

「四の石碑……なるほど、結ぶ点が大賢者の……」

ブツブツ何かを言いながら解読すると、二人の博士を呼んでまた何かを話し始めた。そして結論が出た時にはもう日が暮れる時間になっていた。

「ブリュレ博士。それでその石碑には何が書かれているんですか」

メアリーが痺《しび》れを切らしてそう尋ねる。

「それはライドキャリアに戻って話しましょう」

暗くなり調査もできなくなったので今日はここまでとなった。

ライドキャリアに戻ると、少しの休憩をはさみ、ミーティングルームで明日以降の調査の方針が告げられる。

「石碑には他に三つの石碑があることが書かれてました。そして四つの石碑が示す場所に、大賢者の祠の入り口があるとも記されています」

「まだ、三つも探さないといけねえのかよ。骨が折れるな」

エンリケが何かの飲み物を飲みながら面倒臭そうにそう言う。

「残り三の石碑ですが、おおよその位置は予想できます。明日はその辺りを探索しましょう」

石碑に書かれた内容から、他の石碑の大体の位置は予想できるようだ。虱潰《しらみつぶ》しに探すよりは時間の短縮ができそうであった。

「ブリュレ博士。博士は大賢者の祠に大賢者が本当に眠っていると思っていますか」

食事中にメアリーがブリュレ博士にそう尋ねた。

「私は十年、大賢者の祠について調べているけど、あらゆる文献が示すのは大賢者の祠に何かがあるということだけよ。そこに大賢者が眠るかどうかは私にも判断できない。だけど、だからこそワクワクするのよ、そこに何があるか……本当に大賢者が眠っているのか。その真実を自分の目で確かめるのよ」

「眠ってるのが大賢者ならいいけどな。巨獣とかとんでもない怪物がわんさか出てきたらたまったもんじゃねえな」

「その可能性もありますよ。大賢者の祠から巨獣が飛び出してくるのも十分考えられます」

怖いことを言う……ルーディア値10万のライダーたちが戦っていたかもしれない巨獣。そんな存在に私は勝てるのだろうか……。

次の日――

予想されるポイントをテンポ良く探索して石碑を次々と発見していった。流石《さすが》はブリュレ博士である。どういう予想かわからないけど、かなりの精度で石碑の場所を見つけていった。

「石碑はこれで最後ですね。ふむふむ……やはり大賢者の祠はあの辺りですか」

最後の石碑を見つけるとブリュレ博士は何かの結論に達したようだ。

「わかったのですかブリュレ博士」

「はい、特定できました。すぐに向かいましょう」

ブリュレ博士の案内で向かった場所は森の中にある大きな湖だった。

「ここが大賢者の祠の入り口です」

「湖の中に入り口があるんですか？」

「どうでしょう。それは調べてみないとわからないわ。とりあえず潜ってみましょう」

そう言うと、ブリュレ博士は服を脱ぎ出した。私は慌てて『エルヴァラ』の手でそれを隠す。

「ありがとう結衣。だけど隠す必要はないわ」

服を脱ぐと下にはすでに水着を着用していた。

「行き先が湖だってことはわかっていたからライドキャリアですでに着替えてたのよ。だけどその気持ちは嬉しいわ」

ブリュレ博士はそう言うと、『エルヴァラ』の手を避けて湖の中へ入っていった。

三分ほど経過――

溺れたのかと心配になり始めた頃合いでブリュレ博士は戻ってきた。

戻ってきてすぐに、博士は興奮したように指示を出す。

「湖の中に大きな堰《せき》があるわ！　魔導機で潜ってあれを取り除いて！」

「よし、俺が行こう。待ってろ」

エンリケはそう言うと魔導機で湖の中へと入っていった。

エンリケが湖に入ってしばらくすると、ゴゴゴッ……と唸《うな》り声《ごえ》のような音が響き始めた。そして湖の中心にクルクルと回る渦が生まれた。

そんな荒れる湖からエンリケの魔導機が姿を現す。

「すげーぞ！　湖の中が真っ二つに割れ始めた！」

その言葉が大袈裟《おおげさ》でも何でもないことはすぐに証明された。湖は外から見ていてもわかるように、二つに分かれ始めたのだ。

「見つけたわ。大賢者ラフシャルの祠を……」

ブリュレ博士は二つに割れる湖を見ながらそう呟《つぶや》いた。

湖の奥の古代遺跡の先は、広大な地下空間であった。いくつもの遺跡が点在していて、全ての遺跡を調査するのには長い時間を要した。

「すでに地下空間を調査して一ヶ月、ブリュレ博士。何か得るものはあったのですか」

同じような風景、同じような調査に飽きてきたのだろう。メアリーが食事をしていたブリュレ博士にそう聞いた。

「もう少しで大賢者ラフシャルの眠る遺跡を発見できそうです。最後のキーの謎が解ければ後は連鎖的に全ての謎を解くことができるでしょう」

「大賢者ラフシャルって眠っているだけなの？　もしかして起きたりするのかしら」

気になってそう言うと、メアリーが少し笑いながら否定してくる。

「結衣、何言ってるの。そんなわけないでしょう。何千年も前の人物なのよ。眠っているってのは遺体が安置されてるってだけだと思うわよ」

「そうだよね。ただのお墓だよね」

そう私も納得したのだけど、ブリュレ博士は真顔でこう言ってきた。

「そうでもないわ。本当に眠っているだけの可能性は十分にあるわよ」

その言葉にはメアリーも驚いている。

「それじゃ、起きてきて話を聞けるってこともありえると……」

「この調査の私の本当の目的はそこにあるの。大賢者の知識……どんな宝より価値があると私は思っています」

地下空間の遺跡の中でも一際大きな円形の遺跡、発見当初からブリュレ博士が一番興味を示していたこの遺跡で最初の封印が解かれようとしていた。

「やはり、この石碑に封印を解除するヒントが隠されていたのね」

ブリュレ博士がそう言いながら石碑の文字列に触れていく。石碑の文字は、ブリュレ博士が触れると淡く光り、光の軌跡を描く――

「どうなったの？」

博士が最後の文字に触れた瞬間、石碑の枠が赤く光り、周囲の空気が重くなった。

「一つ目の封印が、今解かれました」

ブリュレ博士のその言葉の後に、地下空間全体に大きな変化が訪れる。ウィーン、ブオーンと何かが起動するような大きな音が響き、円形の遺跡を中心にパッと広がるように地下空間に明かりが灯《とも》り始《はじ》めた。それは地下空間に電気が供給されたような感じであった。

「二つ目の封印はこの円形の遺跡の中です」

円形の遺跡はかなり大きな建物で、その通路は魔導機でも通ることができた。私とメアリーは、ブリュレ博士たち調査班を護衛するために魔導機に搭乗して、二つ目の封印まで同行した。

一つ目の封印が解かれたことによって、今まで開くことができなかった大きな金属製の扉が、スーッと簡単に開き、遺跡の中へと進むことができた。

広い通路を進むと、野球場ほどのスペースに出る。コロシアムのような場所で、娯楽施設だったのか客席のような設備もある。

「博士！　ちょっと後ろに下がってください！　何かあります！」

メアリーが何か見つけたのかブリュレ博士にそう声をかけた。見ると広い円形の部屋の中心に、大きな物体が一つ、置かれていた。ここからじゃ何かわからないけど、魔導機のようにも見えた。

「結衣。危険がないか調べるわよ」

「うん。わかった」

ブリュレ博士たちを後ろに下がらせると、私とメアリーは大きな物体に近づいた。

近くまでくると、その物体が反応する。ピーピーと高い音を発しながらギギギッ……と、錆《さ》びた古い機械のような感じでその物体が起き上がる。

「何、あれ！　魔導機なの!?」

見た目は魔導機のようだが、その形は人型ではなく獣に近かった。その機械の獣は私たちの姿を確認すると、物凄いスピードで襲いかかってきた。

「おそらく遺跡のガーディアンだわ！　気をつけて！　古代のガーディアンの力は未知数よ！」

ブリュレ博士が言霊箱でそう注意してきた。

一瞬で懐に入られ、気がつけばその機械の獣に首元を噛《か》み付《つ》かれていた。プシュプシュと何かの配線を食いちぎられる音がする。

「結衣！」

メアリーが私の名を叫びながら槍《やり》で機械の獣を貫こうとする。しかし、その攻撃を察したのか、機械の獣は私の首から牙を離し、メアリーの攻撃を避ける。

機械の獣が離れて自由になると、私はレイピアを鞘《さや》から引き抜いた。そして機械の獣に向かって戦闘意志を示しレイピアの先端を向けた。

機械の獣は時計回りで距離を取りながらゆっくりと私たちの周りを回る。おそらく飛びかかるタイミングを見ているのだろう。

最初に動いたのはメアリーだった。メアリーの搭乗する魔導機は、エミナの乗っていた『シュリアプル』と同型の『ヴァリアプル』。ダブルハイランダー専用機で私はよくわからないけど、メカニックたちの話ではバランスの良い名機と呼ばれている機体である。

メアリーはトライデントと呼ばれる三叉の槍を武器として使用している。そのトライデントで神速のひと突きを機械の獣に向けて繰り出した。

機械の獣はサッとその攻撃を避けて、頭から『ヴァリアプル』に体当たりする。かなりの衝撃なのか、メアリーは小さく呻《うめ》き声《ごえ》をあげて吹き飛ばされる。

私は小さくステップを踏みながら機械の獣に近づき、レイピアの連撃を放った。機械の獣は恐ろしい身のこなしで私のレイピアの攻撃を全て避けた。

「結衣。この相手、手強《てごわ》いわ！　同時に攻撃しましょう！」

私はメアリーの提案に同意する。ガーディアンの力は最低でもトリプルハイランダーに匹敵するくらいはあるように思えた。

私がレイピアの攻撃で牽制《けんせい》している隙に、メアリーが機械の獣の後ろに回り込む。

「結衣！　今よ！」

　その合図に合わせて、私は渾身《こんしん》の一撃を機械の獣に繰り出した。それと同時にメアリーもトライデントを振り、強烈な攻撃を放つ。

　流石に素早い機械の獣でも、前後ろからの同時攻撃に反応するのは難しかったようで、トライデントの一撃は胴体を切り裂き、私のレイピアは頭部を貫いた。

　ギギギッ……と鈍い音を響かせながら、機械の獣はその場に崩れ落ちた。

「倒したみたいね」

「一人だったら勝てたかどうかわからなかった……」

　それは本音だった。かなりの強敵だったのは間違いない。

「まあ、トリプルハイランダーの結衣なら勝ってたわよ。私一人だったら間違いなくやられたと思うけど」

　謙遜かメアリーはそう言う。

　念のために周囲の安全を確認して、後ろで待機していたブリュレ博士に伝える。

「ブリュレ博士。もう大丈夫だと思います」

「ありがとう。やはり古代遺跡の調査には護衛は必須ね」

「他の遺跡でもこんなことあるんですか」

「珍しくはないわね。ガーディアンに調査隊が全滅させられることもあるのよ」

　確かに実際にガーディアンと戦って感じたが、並の魔導機では歯が立たないのではないかと思う。

ガーディアンのいた広い空間から先に進むと、そこには入り口にあったような石板が置かれていた。

ブリュレ博士は何かのメモと石板に書かれている文字を交互に見て、何やら頷いている。

「予想通りね。やはりこの先に大賢者ラフシャルが眠っている」

「そこが最後の封印なんですか」

「それはまだわからない。とりあえずこの封印を解かないと……」

そう言うと、メモに何かを書き足しながら他の博士と話をして封印を解く方法を調べ始めた。

小一時間ほどすると、次の封印の解除方法がわかったのか、ブリュレ博士は石板に指を触れて何やら操作し始めた。

ブリュレ博士が触れた石板の文字は淡く光り、光の軌跡を描いていく。

「よし、これで良いはずよ」

ブリュレ博士がそう言うと、石板の枠が赤く光り始めた。

ピーン、ピーンと妙な音がすると、奥でガッチリと閉ざされていた扉がゆっくりと開き始めた。

そこから先は通路が狭くて魔導機は通れそうになかった。ライドキャリアから衛兵を呼び、調査班に同行させる。

「結衣。私たちも行きましょう」

「魔導機のない私たちが行っても何もできないわよ」

「あなたは大賢者に興味がないの？　この先で眠ってるかもしれないのよ」

「確かにそう言われると興味あるけど、またガーディアンが現れるかもしれないよ。外の守りを固めていた方がいいんじゃない」

「大丈夫。エンリケも呼んでおいたから外の守りは彼に任せましょう」

メアリーがしつこく誘ってきたからってこともあったが、私も大賢者に興味があったのも事実で、結局、ブリュレ博士に同行することになった。

通路をしばらく進むと、下へ続く長い階段があった。私たちは迷うことなくその階段を降りて、その先へと進んでいった。

階段の先にはさらに強固な扉があったが、すでにそこの解除方法はわかっていたのかブリュレ博士によって簡単に扉は開かれた。

扉の先は大きな会議室くらいの広い部屋で、部屋の中心には棺桶《かんおけ》のようなカプセルが置かれていた。

カプセルの中には人が眠っていた。

眠っている人は二十代くらいの若い男で、整った顔立ちをしている。

「やったわ……とうとう見つけた。大賢者ラフシャルよ！」

ブリュレ博士がそう言い切った。

この人が大賢者ラフシャル……喜びに沸く調査隊とは裏腹に、なぜか私は、妙な胸騒ぎがフツフツと湧き起こり始めていた。

三章　新たな依頼

エモウ王国に入国した無双鉄騎団は、ビールライフ渓谷の地底海流に入る前に、王都で補給をすることになった。

ラフシャルはあっという間に着くとか言ってたけど、よくよく聞いたら地底の何もない海流を五日は移動しないといけないらしく、今の物資では心許《こころもと》ないとの話になったのだ。

「新型ライドキャリアの速度はかなり早いな」

エモウ王国までの移動を見ていて思ったのだが、ライドキャリアの移動速度がかなり早くなっていた。

「確かに早いわね。だけどメルタリアからバラヌカまでの移動ではそんなに感じなかったけど」

「操縦者が代わったからかもしれないな。フィスティナは俺よりルーディア値が高いから多少の影響はあるのだろう」

ずっとジャンがライドキャリアの操縦をしていたが、今はバラヌカから新加入したフィスティナが操縦を代わっていた。

操縦をしなくなったジャンは艦長席で偉そうに踏ん反り返ってる。まあ、操縦している姿より、そっちの方が似合ってると言えば似合ってるかな。

「フィスティナ、あんたルーディア値いくつなんだい」

ライドキャリアの操縦席に座るフィスティナにアリュナはそう聞いた。

彼女は少し考えてから答える。

「３０００です」

しかし、それを聞いたジャンがフィスティナに指摘した。

「あれ？　面接の時は２５００て言ってなかったか？」

「あっ……そうでした。２５００でした」

自分のルーディア値を言い間違え、ブリッジでは小さな笑いが起こった。

フィスティナはちょっと天然なのか普段から少し、ぼうっとしているところがある。話しかけても反応が鈍かったり、休憩とかでライドキャリアを停止させている時はどこで何をしているのフラフラとどこかへいなくなったりしていた。

「もう少しでエモウ王国の王都だ。最低限の補給だけしたらすぐに出発するからな」

「え〜　少し遊んでいこうよ」

ナナミがそう言うと、ジャンはすぐにこう言い返した。

「バラヌカで散々遊んだろうが。休暇はしばらくなしだ」

ジャンは早くオリハルコンをお目にかかりたいと思っているのか、妙に先を急いでいた。

王都に到着すると、ジャンとアリュナは補給の手配に向かった。俺はナナミとファルマに誘われ、そこら辺を散歩することにした。

危なくはないと思うけど、一応、護衛としてエミナも連れていく。

「見て、見て。変な置物があるよ」

店主の目の前で変とか言っちゃダメだ。とか注意などしながら露店を回っていると、通りの先にある大きな広場で何やら凄い賑《にぎ》わいを見せていた。

「なんだろう。ちょっと行ってみるか」

広場には多種多様、色とりどりの魔導機が並んでいた。

魔導機の足元ではそのライダーたちと思われる人々が集まりザワザワと何やら話をしている。

とりあえず何をしているのか気になったので、近づいて話を聞いた。

「こんなところに集まって何してるんだ？」

そう聞くと厳《いか》つい男が教えてくれた。

「今から魔導機の賭け試合があるんだよ。勝つと大金が貰えるらしい」

なるほど。だから魔導機がこんなに集まってるのか。

その話を聞いた後すぐに、商人なのか係の人なのかがやってきて、場を仕切り始めた。

「さぁ、魔導機の賭け試合を始めるぞ！　挑戦者はいないか！　試合ルールは簡単、この魔導機『ラフガン』を三分以内に地面に転ばせることができれば挑戦者の勝ちだ。賞金は五百万ゴルド！参加費は無料だからどんどん挑戦してくれ！」

賞金五百万ゴルドで参加費無料、賭け試合なのに挑戦者は一ゴルドも払わなくていいんだ。その一方的な好条件に集まったライダーたちは飛びついた。我先にと挑戦するために並び、長蛇の列となった。

「勇太も挑戦したら？　勇太なら賞金貰えそうだよ」

「どうかな？　まあ、確かに転ばせるくらいならできそうだけど」

挑戦するかしないかは別にして、とりあえずどんな感じか試合を見てみることにした。

魔導機『ラフガン』は重量級の魔導機のようで重心が安定していて転ばせるのは難しそうだ。

その『ラフガン』にはすでにライダーが搭乗しているようで、挑戦者が前に出てくるのを待っていた。

そこに最初の挑戦者が名乗りをあげる。

「東方最強の傭兵団！　烈火爆裂隊の切り込み隊長、火炎のダンラッシュだ！　賞金は俺が貰う！」

こんなところに集まってるライダーはどんな奴らかと思ったけど、どうやら同業者が多いようだ。

「それでは最初の挑戦を始めます。制限時間は三分！　それでは開始！」

時間制限もあるので火炎のダンラッシュは勢いよく走り出した。

そしてそのまま一気に『ラフガン』に体当たりする。

確かに転ばせるだけなら体当たりするだけで十分かもしれない。体当たりはまともに命中して、『ラフガン』とダンラッシュは激しくぶつかる。

だけど、質量の違いか力の差かラフガンは微動だにしなかった。

倒れることもなく、火炎のダンラッシュの魔導機は派手に弾《はじ》き返《かえ》された。

あっこれはダメだなという空気が辺りに流れる。

「あの『ラフガン』って魔導機、ハイランダークラスの戦闘力はありそうね。重量タイプだし、転ばせるってルールだとかなり難しいんじゃないかしら」

見ていたエミナがそう分析する。難しいとか聞くとちょっと挑戦したくなるな……。

火炎のダンラッシュは、予想通り三分で『ラフガン』を倒すことはできなかった。

見物客たちの、どこが火炎なんだという空気の中、ダンラッシュは肩を落として会場をさる。

リスクがないと思っていたけど、名乗りをあげて試合に挑むかぎり、失敗した時、自分の名や所属組織の名を貶《おとし》めることになりそうだな。

だけど、逆に勝利した時は名を上げるってことか……。

魔導機ラフガンを転ばせることはエミナの見立て通りかなり難しいようで、挑戦は次々と失敗に終わっていった。

十人ほど挑戦が終わったところで、参加者たちの間では『ラフガン』を倒すのは不可能ではないかといった雰囲気になっていた。

「私、挑戦してみようかな……」

そう言ったのはファルマだった。

普段、そんなこと言う子じゃないのだけど、周りの雰囲気に流されたのか珍しいことだ。

「本気かファルマ」

「うん。私の『ガルーダ』だったら倒せそうな気がして……でも、名乗りをあげないといけないんだよね。失敗したら無双鉄騎団の名を貶めちゃうかな」

「そんなことは気にしなくていいぞ。どっちみち無双鉄騎団はまだ無名の傭兵団だし貶めるほどの知名度なんてないから思いっきり行ってこい！」

ファルマがそんなに積極的になるのは珍しい。俺は彼女の挑戦を応援した。

ファルマは一度ライドキャリアに戻り『ガルーダ』に乗ってやってきた。そして挑戦の列に並ぶ。

さらに挑戦は続き、魔導機『ラフガン』は次々と挑戦者たちを退けていた。

いまだに惜しい場面すらなかった。そしていよいよファルマの出番となる。

「む……無双鉄騎団……ファルマ……」

か弱そうなファルマの名乗りに周りのギャラリーたちがザワザワとざわめく。

『ラフガン』はこれまで、ある程度高名と思われる傭兵たちを跳ね除けてきた。

女性で、しかも細い声のファルマが倒せるわけないと思ったようで、見物客たちは心ないヤジを飛ばして、からかい始めた。

「おい、おい。女の、しかもあんな非力そうな魔導機で倒せると思ってるのかよ！」

「いくら無料でも冗談がすぎるぞ！　冷やかしでやってんじゃねえよ！」

「まあ、百パーセント無理だと思うけど頑張れよ。俺は応援しているぞ！」

そんなギャラリーにナナミは腹を立てる。

「何よ！　ファルマのこと何も知らないのに！　ファルマは頑張り屋の良い子なんだから！　きっとあの魔導機だって倒しちゃうよ！」

良い子云々《うんぬん》はあまり関係ないと思うけど気持ちはよくわかる。

ファルマの『ガルーダ』は細いワイヤーを持っていた。

武器の使用は禁止されていないので問題ないけど、あんなの何に使うんだ？

「さて、無双鉄騎団の……え～と、ファルマの挑戦です。制限時間は三分。さぁ！　挑戦開始です！」

ファルマは試合が始まると、持っていたワイヤーを輪っかにして『ラフガン』に投げつけた。

輪っかは見事に『ラフガン』の体を通って足元に引っかかる。

よし。上手《うま》いぞ。そのまま引っ張れば……。

ファルマはワイヤーを思いっきり引っ張った。しかし、重量の重い『ラフガン』はびくともしない。それどころか、『ガルーダ』の方がズズッと引き寄せられる。

「どうした。全然動いてねえぞ！　もっと力を入れろよ！」

「おら！　気合入れろ！」

ファルマはヤジなど気にしていないようで、焦っている様子はない。

だけどパワーはそれほどない『ガルーダ』では、ワイヤーを引っかけても引き倒すことはできそうにない。どうするつもりだ？

だけどファルマはこうなることは想定していたようだ。

『ガルーダ』はワイヤーを引きながら上昇し始めた。

空へ浮き上がった『ガルーダ』を見て、ギャラリーが大きくざわつき始めた。

「とっ、飛んだぞ！」

「飛行できる魔導機だと！」

『ガルーダ』は上昇しながらワイヤーを引いた。まさか上に引っ張られるとは想定していなかったのか、『ラフガン』は足をとられてフラフラとバランスを崩す。

しかし、それでも『ラフガン』を地面に転がすまではいかなかった。

ファルマは引っ張っていたワイヤーを不意に離した。『ラフガン』は引っ張られるワイヤーに対して踏ん張っていたのか、逆にそれでさらにバランスを崩しヨタヨタと不安定になった。

ファルマはその機会を逃さなかった。

『ガルーダ』は急降下して上空から『ラフガン』に足から突撃する。ドガッ！　と鈍い音がして、『ラフガン』は背中から地面へと倒れ込んだ。

その瞬間、ファルマの勝利が確定した。

少しの沈黙の後、勝利が宣言された。

呆然《ぼうぜん》としていた観客たちもようやく状況を理解したのか一斉に歓声をあげる。

ワーワーと大きな盛り上がりを見せる。

さっきまでヤジを飛ばしてたのに現金な奴らだな……。

それにしてもファルマはよく頑張ったな。力では劣っているのに自分の魔導機の特性を活《い》かした見事な戦いっぷりだった。

試合に勝利したファルマが『ガルーダ』から降りてくる。俺は笑顔で迎えた。

「やるな、ファルマ。見事だったぞ」

「ファルマ、頑張ったね」

「良い戦いでした。自分の機体と相手の機体の特性をよく理解してましたね」

ファルマは俺たちに褒められて顔を赤くして照れている。

そこへ試合を取り仕切っていた人が近づいてくる。おそらく賞金を渡しにきたのだろう。

「見事な戦いでした。賞金の方ですが、申し訳ありません。我が主《あるじ》が直接お渡ししたいと言っておりまして、この時間にこちらを訪ねてもらえませんでしょうか」

貰った紙をエミナが見て、驚いている。

「ここってこの国の王城ですよね」

「はい、その通りです。できればご内密にお願いします」

王城にこいって言う主とは……。

指定の時間まで少しあったので一度ライドキャリアに戻ってジャンに相談することにした。

ちょうどジャンは補給の手配を終えて戻ってきていたので話をする。

「なんだと、そんな試合してたのかよ」

「それでファルマが勝ったのは良いけど、城にこいって言われてるんだよ。なんか面倒臭そうな話になるかもしれないし、取りにいかない方がいいかな？」

「馬鹿野郎！　賞金が貰えんだろ？　いかないでどうする！　変な言いがかりつけてくるかもしれねえから俺も行くぞ！」

やはりジャンはこういう時には頼りになる。

その後、王城に行くならとメルタリア王女の肩書を持つリンネカルロも同席することになった。

王族には王族である。

城に行くと、すでに話が通っていたのか門番が丁重に対応する。

すぐに担当の者が出てきて、案内してくれた。

通されたのは城の謁見室――

ここまでくれば想像できていたが、現れたのはエモウ王国の王様だった。

王族だとは予想できても、まさか王様とは驚きである。

「エモウ王、ブラッシュ二世だ。わざわざ城まで呼び出して、すまなかったな」

「貰うもん貰えるなら別に構わねえよ」

ジャンがなんとも失礼な言い方をするが、エモウ王は気にしていないようだ。

「そうだな。早速賞金は渡そう」

そう言うと、部下に指示して賞金の入った袋を持ってこさせた。

それを勝者であるファルマの前に置いた。ファルマがそれをどうしようかと困っていると、ジャンがこう言った。

「それはお前のもんだ。ありがたく貰っておけ」

ジャンは賞金はファルマの個人的な収入だと認めたようだ。団員の稼いだお金は全部無双鉄騎団の収入だと徴収するかと心配したが、ジャンはそういうところはしっかりしている。

「それで王さんよ。俺たちをわざわざ城まで呼び出したのは賞金を渡すためじゃねえだろ？　早く本題を話してくれるか」

ジャンの言葉に俺は驚く。

「えっ！　そうなのか？」

「当たり前だろ。賞金渡すだけのために城に呼び出して王さん自ら対応するなんて普通考えられねえだろ」

「ハハハッ――そこまでわかっているか。さすがは私のラフガンを倒した傭兵団の者だな」

「私のってもしかして魔導機『ラフガン』のライダーって……」

「そう。ラフガンに乗っていたのは私だよ」

ちょっと驚いた。まさかあれにこの国の王様が乗っていたとは……。

「実は信頼できる傭兵団を探していてね。できれば君たち、無双鉄騎団を雇いたいと思っている」

まさかの提案に驚いた。しかし、ジャンはそれを予想していたようだ。

「まあ、そんなところだろうな。しかし、傭兵を探すために自ら魔導機に乗って試合するとは暇なのか？」

「ハハハッ。暇とは酷い言われようだな。まあ、俺はそもそも傭兵というものを信頼してなくてな。最強の傭兵団とか、無敵の傭兵団とか自称で売り込む傭兵ばかりで実際は実力は大したことないってことが多いだろ？　そこで自分の目で、雇う傭兵を見極めようと思ったんだよ」

「なるほどな。確かにそうかもしれねえ。それで、あんたのお眼鏡に適《かな》った俺たちをどんな条件で雇ってくれるんだ」

ジャンがそう言うと、リンネカルロが、さらに念を押すようにこう話しかけた。

「エモウ王。私が誰かわかりますか？」

「はて、どこかで会ったかな……」

「メルタリア王国、第三王女のリンネカルロです。一度、ファルディアの舞踏会でお会いしたかと思いますわ」

リンネカルロってエモウ王と面識があったんだ。

「なっ、リンネカルロ王女！　いや、天下十二傑、雷帝リンネカルロ殿」

「そうですわ。この雷帝が所属する無双鉄騎団ですわよ。どれほどの価値があるかよく考えて条件を提示した方がよろしくてよ」

「まさか雷帝の所属する傭兵団とは……確かに危なかった。失礼な金額を提示するところでした」

エモウ王は正直にそう言った。

「それで報酬はいくらなんだ」

「私を倒したライダー。それに雷帝。他の団員も優秀なのは間違いないだろう。よかろう。報酬は十億ゴルドでどうだ」

「ほほう。この国の規模でその額を提示するとは、王さん。あんたケチじゃねえな」

「それほど無双鉄騎団を高く評価したんだ」

「十分だ。良いだろう契約成立だ」

ジャンが即決するとはそれほど好条件なんだろう。しかし、ここで仕事を引き受けて巨獣の巣へ行く予定はどうなるんだ？　まあ、巨獣の巣は急いでいたわけじゃないからいいか。

こうして俺たち無双鉄騎団はエモウ王国と正式に契約した。

そしてあらためて仕事の内容を確認する。

「正直、すぐに何かをしてくれということはないんだよ」

「ほう。それなのに高い金出して傭兵なんて雇ったのか」

「軍備を準備するほどの時間がない間に、差し迫った危機が迫っているのは事実だ。それも我が国だけなら傭兵を雇う必要もなかったのだがな……どうも足手まとい……いや、お荷物の同盟国ができたことで援軍要請に応えるための機動部隊が必要になったんだよ」

足手まといをお荷物に言い直したけど、あまり意味は変わらないよな……。

まあ、それほど厄介な味方ができたってことかな。

「わかった。それで差し迫った危機っていうのはなんなんだ」

「隣国のルジャ帝国……いや、その後ろにいる大国、ヴァルキア帝国の侵攻への備えだ」

「ヴァルキア帝国だと！　失礼だが、あんな大国が攻めてきたら、エモウ王国なんて一溜《ひとた》まりもないだろ。大丈夫なのか？」

「ヴァルキア帝国はあくまでもルジャ帝国を裏で操っているにすぎない。隣国の大国、リュベル王国との睨《にら》み合《あ》いが続いていることもあり、本格的に戦力をこちらに向けることはないよ。ただ、ルジャ帝国への支援は大規模になってきていて、近々、ルジャ帝国による全面侵攻が開始されるのは間違いないだろう」

「なら、構わないが、ヴァルキアなんか出てきたらさすがに俺たちは逃げ出すからな」

「エモウと心中してくれなんて頼みはしないよ。その時は逃げてもらって問題ない」

ジャンが逃げ出すと言ったヴァルキア帝国だけど、後で聞いた話だと、エミナの母国であるエリシア帝国、話に出たヴァルキア帝国、それにリュベルっていう王国を加えた三国が大陸三大強国と呼ばれているそうだ。

三国とも飛び抜けた軍事力を持つ大国らしい。なんでも魔導機を数万機所有しているとか……そんな国と戦争するのはさすがに無謀だな。

「ルジャ帝国が敵ってのは決まりなんだよな。だったら攻めてくるのを待ってないで、こちらから攻めるってのはどうだ。先制攻撃の方が有利だし効果的だ」

ジャンはさっさと問題を終わらせて巨獣の巣に行きたいのか、エモウ王にそう助言する。

「確かにそうだが、ヴァルキアからの支援でルジャには千機近い魔導機を保有しているとの情報がある。まともにぶつかったら勝ち目はないぞ」

「いや、本格的な戦争をしようって話じゃねえよ。敵の戦力を削《そ》ぐのと、ちょっとした嫌がらせだな」

「なるほどな。確かに敵の準備を遅らせることもできそうだな」

「先制攻撃で叩いて、効果的な敵の施設とかあるのか」

「ベルンの前線基地だな。あそこを攻められたらかなり嫌だろう」

「よし、ならそこに攻撃を仕掛けよう。無双鉄騎団が主力で出てやるから準備しろ」

「いやに積極的だな」

「後々楽したいだけだ。どうせ戦争になるなら最初に一撃を与えておいた方がいいだろ」

エモウ王も攻撃のメリットの方が大きいと考えたのか、最終的には先制攻撃を容認した。

ルジャ帝国のベルン前線基地を攻撃するのは、無双鉄騎団を主力としたエモウ軍、魔導機百機。ベルン前線基地に駐屯するルジャ軍は魔導機二百機との情報がある。

数は敵軍の方が多いが殲滅《せんめつ》が目的ではなく、施設の破壊と戦力を削ぐのが目的なので奇襲による短期戦闘であればこの戦力で十分であった。

「見ろ、エモウ軍にも戦艦タイプのライドキャリアがいるぞ」

並走するエモウ軍のライドキャリア船隊を見て、ジャンがそう言う。

「【エチゴ】って名らしいよ。エモウ軍の旗艦らしいけど、最近は戦艦タイプのライドキャリアも増えてきたね」

「そういえば俺たちのライドキャリアには名前がないな」

俺は何気なくそう言ったのだが、どうやらみんな同じことを思っていたらしく、名前をつけようという気運が急激に高まった。

「【花と小鳥】がいいと思う！」

ナナミがそう提案するがジャンが一蹴する。

「却下だ。傭兵団の旗艦の名前じゃねえだろ！」

「じゃあ、ジャンはどんな名前がいいのよ！」

「そうだな、【煉獄号《れんごくごう》】ってのはどうだ。かっこいいだろ」

「却下！　可愛くない！」

「だから傭兵の旗艦が可愛い必要はねえんだよ！」

「私、【飛天丸】がいい」

「あっ、ファルマの可愛いね」

「ナナミの案に比べたら百倍いいが、いまいちだな」

もう、なんでもいいだろうに……そう思いながらも、頭に浮かんだ単語を言ってみた。

「【フガク】ってどうかな」

「【フガク】？【フガク】ってどういう意味？」

「俺の母国の一番高い山の名前だ。それくらい高みを目指してって意味を込めてだな……」

適当にそう言ったのだが、意外にもウケはよかった。

「いいじゃねえか。高みを目指すね……俺はフガクに一票だ」

「私も勇太の案に賛成！　煉獄号なんて絶対ありえないもん！」

「私も勇太が言うのなら……」

「いいわね、響きも良いし私も【フガク】に一票入れるわ」

「別にライドキャリアの名前なんてなんでもいいですわ。勇太の案で決めていいんじゃないですの？」

と、賛成多数で可決された。

どうも和名の響きはみんな嫌いじゃないみたいだ。

今回の戦闘の作戦は一撃離脱。強襲攻撃後、すぐに撤退する手筈となった。まずはライドキャリアで敵の基地に接近、【フガク】と【エチゴ】のバリスタの波状攻撃後に無双鉄騎団を中心とした魔導機部隊を突入させる。

基地奥深くまでは攻め入らず。基地の施設を破壊しながら反撃してきた魔導機を撃破していく。

作戦時間は三十分。時間経過で撤退を始める短期戦だ。

エモウ軍と無双鉄騎団のライドキャリアの船団が近づくとベルン前線基地は慌ただしく警報が鳴り響く。

警報が鳴り響くなか、一気に加速してバリスタの射程に入る。

そして敵バリスタに、【フガク】【エチゴ】のバリスタの砲撃が襲いかかる。

【フガク】には四連式自動装填のバリスタが六門。一門につき二秒に一発のボムアローが撃ち出される。

ボムアローは先端に衝撃を与えると爆発する爆裂石を装填していて、命中すると大きな爆発が起こった。

【エチゴ】は二連式手動装填型のバリスタで、連射速度は【フガク】のバリスタに劣るが砲門が二十門もあり火力では負けていなかった。

「よし。そろそろ魔導機部隊の出番だぞ。思いっきり暴れてこい！」

ジャンの号令で、味方のライドキャリアから魔導機が次々と出撃する。

【フガク】【エチゴ】のバリスタの波状攻撃により、敵基地のバリスタは大半が破壊されていたので、敵軍は迎撃のために魔導機部隊を出撃させてきた。

「よし！　リミッターを解除した『アルレオ』の実力を試してみるか！　ちょっと敵軍に突撃してみる」

新調したアイテムを試したくなるのは男の性《さが》というやつだろう。俺は敵軍に単騎で突撃しようとした。

「また、そんな無茶なことしようとして……ジャン。勇太を止めてよ！」

心配になったのかナナミがそうジャンに訴える。

「馬鹿は死ななきゃ治らねえよ。それに新しい『アルレオ』のスペック確認は俺もしたいと思っていたし死なねえ程度に行ってこい！」

ジャンも承認したので、俺は遠慮なく『アルレオ』の速度を上げた。

最速のスピードに乗ると、敵軍の真っ只中を突き抜けて、一人、突撃した。

リミッターの解除で『アルレオ』のパワーが上昇したので、今回の戦いは機体の大きさに不釣り合いな大型魔導機用の巨大な剣を装備してみた。

大型魔導機でも両手で振るうその大きな剣を俺は片手で持っていた。

さらに同じ巨大な剣をもう一方の手に持ち二刀流にする。

巨大な剣を片手で軽々振り回すほどのパワーがあるからできる芸当だろう。

巨大な剣を振り回し、敵軍の真《ま》っ只中《ただなか》を突っ切る。

『アルレオ』の持つ剣は魔導機の背丈より大きく片手の一振りで数体が吹き飛ぶ。それを両手を振り回しながら敵を蹴散らしていくものだから、恐怖を感じたのか俺の周りから敵が離れていく。

俺は加速して逃げる敵機に接近して斬り倒していく。

やはり前の『アルレオ』に比べてスピード、パワーが段違いに上がっている。操作が軽く、イメージの伝達も早いように感じていた。

だけど、それでもやはり『ヴィクトゥルフ』と比べたら少し物足りない感じはあった。

「勇太！　範囲攻撃をそこら辺に打ち込みますから少し後退するですわ」

リンネカルロが範囲攻撃を敵の密集している箇所に打ち込むそうだ。

俺は雷撃に巻き込まれないように後退した。

俺が後ろに下がった瞬間、数十機の敵機を絡めとるように雷撃の嵐が巻き起こる。

バチバチと稲光が起こる度に、敵機が激しい音を立てて爆発していく。やはり多数を相手にした時は『オーディン』の範囲攻撃は便利だな……。

アリュナ、ナナミ、エミナ、アーサーの機体を前衛にエモウ軍も攻撃に参加する。

先鋒《せんぽう》がしっかりしていると軍全体が強固になるのか、圧倒的な勢いで、敵軍を駆逐していった。

しかし、みんな体があったまってきて、これからだって時に時間がきたようだ。

「よし、三十分経過！　全軍撤退するぞ。ライドキャリアに戻れ」

「おい、ジャン。かなり押してるしこのまま制圧してもいいんじゃないか」

圧倒的にこちらが有利だと思ったのでそう助言したが、ジャンは同意しなかった。

「馬鹿野郎！　このまま深追いすると戦闘力の高いお前らはいいけど、エモウ軍に損害が出るんだよ。十分敵に損害は与えたし、目的達成しているから、無理する必要はねえ！」

確かにそうだな……エモウ軍のことを考えてなかった。
俺は最後に近くにいた敵機を斬り倒すと【フガク】に向かって撤退を開始した。

四章 不穏にて

◆

迫りくるルジャ帝国の脅威に対抗するために、私たちアムリア王国はエモウ王国との同盟を画策した。なんとか同盟は締結することができたけど、その帰りは順調とはいかなかった。

アムリア王国への帰路の途中、どこかの勢力から襲撃を受けた。

その襲撃はなんとか退けたけど、襲ってきた魔導機は意図的に所属国のマークを消している形跡もあり、なにやら不穏なことが起こっているように感じられた。


「渚、どうだった？」

アムリア王国の第二王女ラネルが聞いてくる。私は返事の代わりに首を横に振った。

「みんな死んでいたわ。どうやら自決したみたい」

襲撃者から情報を得ようと、倒した魔導機を見て回ったけど生存者はいなかった。魔導機の中にも身元がわかるものは何もなく、念入りな計画の下に襲撃が行われたことがうかがい知れる。

東部諸国連合の勢力圏内での襲撃があったことで、この先の帰路での安全は保証されなくなった。

ラネルは近辺の国々と通信をして状況を確認している。

「どうだ、ラネル。何かわかったか」

通信を終えたラネルに、アムリア王国の王様でありラネルの父親であるマジュニさんが状況を確認する。

「いえ。やはりどの国も襲撃してきた魔導機部隊のことは把握してないみたい……」

「十機を超える魔導機部隊が勢力圏内で行動していて何も把握してないとは……ありえぬな」

デルファンがそう感想を述べると、ジードが見解を示す。

「だとすればどこかの国が嘘を言ってるってことだな」

「やはりエモウ王が言ってたように、東部諸国連合を裏切っている国があるってことね」

「チッ、どこの国だよ、それはよ！」

「そう簡単には尻尾は見せないでしょうね」

「それより襲撃がさっきの一回とは限らない。ここは早急にアムリアへ戻った方が良さそうだな」

「そうね。しかも一度目の襲撃が失敗しているから、次はもっと大規模な動きに出る可能性が高いわね」

最大限の警戒をしながら、私たちはアムリアへの帰路を急いだ。

しかし、悪い予想はよく当たるもので、アムリア王国国境の手前で大規模な敵部隊が待ち構えていた。

敵は敵意を剝き出しにしている。すでに戦闘態勢で、こちらを包囲するように展開していた。

「くっ、魔導機五十機はいるぞ！」

「また国家認識マークはなし。外装を偽装して所属をわからなくしているな」

どうやら見た目だけではどこの国の軍かわからないみたいだけど、ラネルは何かに気がついたみたいだ。

「いえ、敵は大きなミスを犯したわ。そのおかげで敵の正体がわかったわよ」

「何っ!?　どこだというんだその国は！」

「テミラ、東部諸国連合を裏切っているのは神聖国テミラよ」

「馬鹿な！　東部諸国連合の中心的な国だぞ！　そんなことが……どうしてそう思うんだラネル」

「小国ばかりの東部諸国連合の中で、一度目の襲撃と合わせて七十機以上の魔導機を他のどの国が用意できると思う？」

「確かにそうだが、他の国からの増援の可能性もあるぞ」

「それはありえないわ。魔導機の規格が統一されすぎてるのよ。偽装されていても外郭や武器の種類を見ると、寄せ集めではなく同一の勢力の魔導機だってのは一目瞭然ね」

「ラネル。我が娘ながら凄いな……」

「感心してないで戦闘準備よ。渚、ごめん。また戦ってもらうことになっちゃって……」

「嫌だけど仕方ないよ。何とか頑張ってみる」

「すぐにアムリア本国に援軍要請を送るから、それまで持《も》ち堪《こた》えて。それに今回は私も出撃するから一緒に頑張ろう」

「うん」

出撃するのは私とラネル、ジード、デルファンの四人だ。相手は五十機の魔導機と、とてもじゃないけどまともにやって勝てる相手ではない。だから作戦は敵の殲滅ではなく、防御を固めて時間を稼ぎ、援軍の到着を待つ粘りの作戦であった。

「ライドキャリアを守りながら後方に下がりましょう」

敵はこちらの動きに気がつき、部隊を二つに分けて近づいてきた。

短距離ではライドキャリアより魔導機の方が遥かに早い。その距離はあっという間に詰められ、強襲される。

「ジード！　デルファン！　後ろからきている敵を抑えて！　渚は私と正面の敵を迎え撃つわよ！」

ラネルの指示でジードとデルファンが私たちから離れて後方へと移動していく。

正面からきているのは二十機ほどで、私とラネルは迫りくる敵機に備えて身構える。

圧倒的な戦力差に少し胸がドキドキする。緊張する気持ちを落ち着けるために意識を集中し始めた。

迫ってくる敵の動きが少しずつスローに見えてくる。私は頭の中で敵への対応をイメージする。最初の一機の攻撃を避け、相手の力を利用して腕を折り、二機目の敵はそこから一歩踏み出し頭部に一撃を加える。さらに肩を持って振り回し地面に押し倒す。三機目は太刀を抜き、胴を横一線に斬り伏せ、体を捻《ひね》り、四機目もその反動を利用して斬り伏せる。

一瞬の間に頭の中でイメージした敵への対応だが、無意識のうちにそれを実行していた。

気がつけば、四体の敵機が地面に転がっていた。

「ラネル！　ダメだ。後方の敵の数が多い！　それほど持たないぞ！」

ジードからの通信を聞いて、私はラネルにこう提案した。

「ラネル、ここは私に任せてあなたも後方に行って」

「渚、いくらあなたでも一人でこの数を相手には……」

「大丈夫、時間を稼ぐだけなら何とかなりそうだから任せて」

特に自信があったわけではないけど、ラネルを安心して後方へ行かせるためにそう言った。

「わかった。だけど無理しないでね」

「わかってる。私も死にたくないもの」

私の心配をしながらも、ラネルは後方の援軍に向かった。

敵が一人減ったのを見た敵軍は、すぐに残り一人を倒すために動き出した。包囲するように近づいてくる。合気道の真髄は相手の力を利用することにある。積極的に攻撃してくれた方が私にとっては戦いやすかった。

意識を集中しながら立ち位置を微妙に変える。絶妙な位置どりで、仕掛けてくる敵の数を最小限に絞り、攻撃をしてきた敵を一機ずつ確実に仕留めていく。

右から攻撃してきた敵機の肩を極め、振り回して左からくる敵にぶつける。正面から槍で突いてきた敵の攻撃を前に踏み込んで避けると、槍を持つ手を摑《つか》んで突きの方向へと引っ張り槍を奪い取る。

その槍を後ろから迫っていた敵機に投げつける――

投げつけられた敵機は胴部に槍が突き刺さり後ろに倒れた。

槍を持っていた敵機の頭部を腕で固定して捻り破壊すると、奥からきた敵機が振り回す大型の剣の軌道を手捌《てさば》きで変えて、別の敵機の首を飛ばす。

仲間の首を飛ばしたことで動揺したその敵の体を引っ張り、地面に引きずり倒し、地面に叩きつけた反動を利用して両腕を破壊した。

「オラァ〜！」

物凄い気合の声を発しながら、敵機が長い剣を上段に振りかぶり襲ってきた。

少し立ち位置を変えるだけの最小限の動きでそれを避けると、太刀を抜いてその敵機の首元を突き刺した。

首を貫かれた敵はプシュプシュと白い煙を吹き出し、ヨロヨロと後退してそのまま崩れるように倒れた。

敵軍に動揺が広がるのを肌で感じられた。

どうやら今倒した敵は、切り札的な存在だったのか、部隊の隊長だったのか敵軍の中心的な役割だったようで、明らかに敵軍の攻撃の意志が失われていくのがわかる。

私は太刀を構え、必要以上の殺気を発しながらジリジリと敵の方へと歩み寄る。完全に戦意を失いつつある敵は、私から逃げるように後ろへと下がる。

さらに殺気を拡大していく――

そして「ハッ！」と大きな声で気を発した。それと同時に右足を上げて、勢いよく地面を踏んだ。

これは完全な威嚇である。意味のある行動ではないが動揺して恐怖を感じている敵には効果があったようだ。敵は慌てふためいて一目散に逃げ出した。

敵が完全に撤退したのを確認すると、私は後方のラネルたちのもとへと駆けつけた。

後方から攻めてきていた敵部隊は三十機ほどだろうか、ラネルたちの足元には五機の敵機が倒れている。頑張って持ち堪えているようだけど、数の差は大きいようで今にも押し込まれそうな感じであった。

私は敵部隊の側面から近づくと、太刀を横に振り一体の敵機の頭部を飛ばす。

仲間を倒された怒りからか、周辺の敵が一斉にこちらに向かってくる。

「渚！　前の敵はどうしたの!?」

ラネルがそう聞いてきた。

私は向かってくる敵機の攻撃を捌きながら返事をする。

「前方の敵は撤退したから大丈夫よ」

「さすがはハーフレーダー。頼りになるわね」

それから、私、ラネル、ジード、デルファンの四人はお互いをフォローしながら敵の攻撃を防ぐ。

無理をせず、時間をかけて攻撃を凌《しの》いでいると、アムリア王国側から二十機ほどの魔導機部隊が駆けつけてきた。

「みんな大丈夫！　助けにきたわよ！」

その声は国の留守を守っていた第一王女ユキハだった。

敵の増援を知った敵軍は自分たちの不利を察したのか撤退を始める。それを見てジードが追撃しようとしたが、ラネルが制止した。

「無理に追わなくていいよ。深追いは禁物よ」

ラネルの言う通り、追い詰められて変な反撃をされると危険だ。今はみんな無事だっただけで十分だと思うべきだろう。

待ち伏せによる攻撃を退け、私たちは城へと戻ってきた。国境の警備を固めて、今後の対応を考えることになった。

「テミラが東部諸国連合を裏切っているって本当なの？」

ラネルの考えをユキハに伝えると、驚きの反応をする。

「神聖国テミラが怪しいのは間違いない。だけど、王本人にそれを聞くわけにもいかないしね……」

「王本人に聞けないなら誰か他の人に聞いたらどう？」

ふとそう思い、私が無責任な提案をすると、ラネルは少し考えてこう言った。

「そうね、確かにその通りだわ。他の連合国に探りを入れましょう」

「だけど、探りを入れた国がすでに東部諸国連合を裏切ってたら敵にこちらの動きを悟られるんじゃないのか」

マジュニさんがそう指摘する。

「そう、探りを入れる国は慎重に選ばないといけないわね。テミラとあまり仲が良くなく、東部諸国連合の中心的国で、情報をたくさん持ってそうな国……」

「その条件だと、ザーフラクトのアルパ王しかいないな」

「私もそう思ってたわ。ベダ卿《きょう》とアルパ王はあまり相性が良くないし、アルパ王は東部諸国連合の国々と関係が深く情報を得やすい」

「それに今思えば、連合を脱退した四ヶ国、偶然かザーフラクトとあまり仲が良くない国ばかりだな」

「状況的にはテミラ派とザーフラクト派で分裂の危機ってところね」

「アムリアはどっち派なの？」

疑問に思いそう聞いた。

「うちのお父さんがそんな派閥に興味あると思う？　完全に中立ってとこね。だからこそ、どちらの情報も入りにくいのよね」

「小さい国同士、仲良くすればいいのだがな。そんな小さな集まりで、利権や地位にこだわり、少しでも優位に立ちたいと争う。嘆かわしいことだ」

確かにマジュニさんはあまりそういう派閥争いなどに興味なさそうだ。みんなマジュニさんみたいな王様だったら争いも起きないのにな。

「それじゃ、ザーフラクトのアルパ王と直回線を開きましょう」

東部諸国連合には、連合内の王同士のホットラインが存在するらしい。それを使って直接アルパ王に話を聞くことになった。

「マジュニ殿、どのような用件かな？」

すぐにアルパ王から返信があった。

「アルパ王、単刀直入にお話しします。どうやらテミラが東部諸国連合を裏切っているようなのです」

「ほほう。情報網の薄いアムリアにしては、よくその結論に辿《たど》り着《つ》きましたな」

「そっ、それでは、アルパ王はすでにわかっていたのですか⁉」

「東部諸国連合を脱退した四ヶ国の顔ぶれ、最近のテミラの軍備拡大、それにルジャ帝国との秘密貿易の存在、その状況が何を意味するか一目瞭然でしょう」

「どうするつもりですか、アルパ王」

「安心するが良い。こうなることは予測できておった。そのためにザーフラクトは数年前より密《ひそ》かに魔導機とライダーを集め、いつか裏切るであろうテミラに対抗する戦力を用意していたのだ」

「それは心強い。しかし、力尽くで解決するのは好ましくありませんな。なんとか対話で解決できませんか」

「テミラが東部諸国連合を裏切ってどうするつもりかおわかりか！　奴らは、この東部にルジャ帝国を中心とした新たな巨大連合国を作ろうとしているのだ。協力したテミラなどは対等な同盟国として生き残り、他の東部諸国連合の国々は属国に成り下がるのだぞ！　そんな横暴許せるか！」

「なんと……そんな計画が進んでいたのか……」

「そうだ。だから戦うしかない。アムリアも覚悟しておいた方が良いだろう」

やはり戦争は避けられそうにないのかな……。

アルパ王との通信を終えて、マジュニさんはため息を吐いて残念そうにこう言う。

「やはりテミラは裏切っているようだな。戦争は避けられそうにないようだ」

「いえ、お父さん。もしかしたら裏切ってるのはテミラじゃないかもしれないわ」

「おいおい、ラネル。急に考えが変わったのか？　さっきまでお前が一番怪しんでいたじゃないか」

「さっきのアルパ王の話、変だと思わなかった？」

「えっ、そうだったか？」

「まず、軍備を拡大していたのはテミラだけではなく、ザーフラクトも同様に魔導機とライダーを集めていたという事実。ということは私たちを襲撃した戦力をザーフラクトも保有していた可能性があるってことになる。テミラに対しての軍備拡大と言い訳してるけど、はたしてそれが本当なのかどうか判断できない。それよりもっと不可解なのが今後の展望まで把握している情報量の多さ。どうしてルジャ帝国を中心とした大連合国の計画の存在を知り得たか……アルパ王も疑った方がいいかもしれないわ」

「な……なるほどな。いや、できの良い娘を持って良かったよ」

しかし、困ったことにテミラ、ザーフラクトの両国とも怪しいという結論になってしまった。どちらも信用できないこの状況、どうしたらいいのだろうか……。


それから数日後――

テミラ、ザーフラクトの両国への懸念が払拭されないまま、東部諸国連合に大きな動きがあった。

「ザーフラクトからテミラ討伐のための軍の派遣の要請があった。ラネル、どうしたらいいと思う？」

マジュニさんがラネルに助言を求める。どちらが敵かわからないこの状況では難しい判断だと思うけど……。

「……無視するわけにもいかないわね。要請には応じると返事するにしても、テミラへの攻撃参加には慎重になった方がいいと思う」

「やはり戦争は避けられんか……」

「まだ諦めちゃダメよ、お父さん。手は尽くしましょう」

それからラネルは、東部諸国連合の国々に通信を入れて、ザーフラクトの要請の話と、テミラの情報を収集した。他の国々はすでに軍の派遣を了承したようで、テミラとの戦いを回避するのは難しそうだった。そして最後の望みをかけ、マジュニさんがテミラのベダ卿にホットラインを開く。

「アムリアにも軍の要請があったようだね。それで、どうするつもりだマジュニ殿。我がテミラと戦争を始めるつもりかな」

「どうしてこのような話になったのか……ベダ卿。あなたの言い分を聞きたい」

「言い分も何も、我がテミラには一切責められるいわれはない。テミラが東部諸国連合を裏切り、ルジャ帝国と内通しているとは突拍子もない話だよ」

「ルジャ帝国との秘密貿易の話は本当ですかな」

「それは事実だが、秘密貿易と言っても取り扱っていたのは流行病の薬の原料だ。東部諸国連合の決まりで、ルジャ帝国との間で禁止されているのは軍事利用される物資のみのはず。公にしなかったのは変な誤解を生まぬためだったが、それが裏目に出たようだな」

「なるほど……わかりました。それでは私の方からも、最悪の決断をしないように他の国々を説得しましょう。ベダ卿からも他の国へ釈明していただけますかな」

「いや、マジュニ殿。もう遅いのですよ……先ほどザーフラクトと五ヶ国の連名で、テミラの東部諸国連合からの除名と、宣戦布告が通達されたのだ」

「ば……馬鹿な！　そんな話、アムリアは聞いていないぞ！」

「確かに連名にはアムリアの名はありませんでしたな。だとすればアムリアは無用な国と判断されたのでしょう。軍の要請があったそうですが、もしかして全軍、もしくはほぼ全軍に相当する戦力を要請されたのでは？」

「確かにザーフラクトから要請されたのは我が軍の八割ほどの戦力だが……まさかそんな……」

「もし、要請通りに軍を送れば二度と戻ってはこなかったでしょうね。そしてその後は防衛力の弱くなったアムリア王国は簡単に地上から消えるでしょう」

「まさかそんなことが……」

マジュニさんはベダ卿との通信を終えると、ラネルに相談する。

「ベダ卿の話が本当なら、軍は送るべきじゃないわね」

「しかし、そんなことをしたらアムリアも東部諸国連合から除名され、宣戦布告されかねんぞ」

「――エモウ王に相談しましょう。今、一番信頼できるのは同盟国であるエモウだわ」

「エモウ王に相談……うっ……できればそれは避けたいのだが……」

「そんなこと言ってる場合じゃないでしょう。私が聞くからお父さんは後ろで見ててよ」

どうやらマジュニさんは、まだエモウ王との蟠《わだかま》りを捨て切れていないようだ。代わりにラネルがエモウ王との通信を開いた。

「エモウ王。お忙しいところ申し訳ありません」

「かまわぬよ。マジュニだったら気が滅入《めい》るが、ラネル王女と話をするのは私も望むところではあるのでな」

エモウ王も蟠りが残っているみたいだ。一体、過去に二人に何があったのか……。

「恥ずかしい話ですが、エモウ王の指摘通り東部諸国連合が分裂の危機にあります」

「やはりそうなったか。まあ、時間の問題とは思っていたが、これほど早くに動いてくるとは……それで、どのような状況なのだ」

ラネルは詳細をエモウ王に伝えた。その話を聞いてエモウ王は強く言う。

「テミラのベダ卿の言うように、軍を送ってはダメだ！」

「そっ、それでは本当に裏切っているのはザーフラクトだと」

「いいかい。おそらく今回の東部諸国連合一連の動きはテミラとアムリアを潰すためのものだろう。潰す理由は、どちらの国も王が聞き分けのない唐変木だってところだ」

「そんな理由で国を潰されるんですか」

「まあ、唐変木ってのはあれだが、おそらく東部諸国連合がルジャ帝国に吸収されるための最大の障害なのが、連合の最大国家であり、自由意志が強いテミラと、ルジャの軍国主義に馴染《なじ》めないであろうアムリアの二国だ。だからこの二国は最初からルジャ帝国への吸収計画から外されていたのだろう」

「ちょっと待ってください！　ルジャ帝国への吸収ってどういうことですか！」

「東部諸国連合をルジャ帝国に吸収させ、そのまま東部の他の国々を制圧、占領していく計画だ」

「どうしてルジャ帝国がそんな大それた計画を……」

「いや、これはルジャ帝国が考え出した計画ではないよ。全て裏で手を引いているのはヴァルキア帝国だ」

「ヴァルキア帝国ですって！」

「表面上はただの同盟国のようだが、すでにルジャは実質上、ヴァルキアの属国みたいなものだ。おそらく他の東部諸国連合の国々はヴァルキア帝国の名を出されて、ルジャへの吸収を了承しているのだろう。国が滅亡するより、帝国の中の一国として生き残ることを選ぶのはごく普通のことかもしれないな」

「それでは他の国々はすでにルジャ帝国側に……」

「そうだろうね。残るのはテミラとアムリアだけだろう」

「エモウ王、私たちはどうすればいいんですか」

「近々、テミラへの大規模な軍事行動があるはずだ。それからテミラを守り切ることができれば、大国への恐怖で裏切っている国々に変化が起こる可能性はあるだろうね」

「力を示せってことですね」

「大国相手でも力を合わせれば戦えると思わせるだけでいいだろう。本当はルジャ帝国に吸収されるなんてみんな嫌だろうからね」

「失礼ですがこの話、エモウ王の憶測だけということはありませんか？　何か確実に事実を知る方法は……」

「なに、それは簡単なことだ。ザーフラクトに軍の派遣要請には応えられないと伝えればいい。そうすれば向こうから事実を話してくれるだろう」

この後、半信半疑ながらラネルは、エモウ王の言うようにザーフラクトに軍の要請を断った。するとアルパ王の態度が急変した。

「くっ、軍の派遣要請には応えられないだと！　ゴミみたいな小国が生意気な！　まあいい。すでに計画は完了しつつある。アムリアなど取るに足らない存在、どうでもいい。いいか、テミラを潰した後はお前らの番だ！　降伏も許さん！　徹底的に叩き潰してやる！」

「アルパ王、それはどういう意味ですか？　もしかして東部諸国連合を裏切っていたのは貴方だということですか」

「裏切りだと……馬鹿が！　こちらが東部諸国連合の多数意見なのだよ！　お前らは不必要だと判断しただけだ！」

「よかったです、真実が聞けて。これで迷いなくアムリア王国はテミラに味方できます。もう少しで取り返しのつかない判断をするところでした」

「ふっ、アムリアが味方したぐらいで東部諸国連合、ルジャ帝国の連合軍相手に勝ち目があると思っているのか！」

「それとヴァルキア帝国もですよね」

「ぐっ、どこでその情報を……」

「いくら大国が相手でも、アムリアは屈するつもりはありません！　己の正義のために死力を尽くすだけです！」

ラネルはカッコよく言い放ったけど、この勝ち目のない戦いを一体どうするつもりだろう。意志の強い彼女の姿を見て逆に不安になった。


「ラネル。話って何？」

完全に戦争になると決まった次の日、改まったようにラネルに呼び出された。ラネルはいつもより神妙な顔で私を迎える。

「渚……これからアムリアは大きな戦争が始まるの……」

「知ってるわよ」

「勝ち目のない戦いだし、貴方は無理やり金銭で買われてこの国にきた。貴方が争いが嫌いなのも知っているし、このまま、この国のために無謀な戦いに参加させるのは違うと思うの……だから、お父さんやユキハと相談して決めたわ。これを持って国を出なさい」

そう言って大きな袋を渡してきた。

「一千万ゴルド入ってる。これだけあればしばらくは暮らしていけるから……」

どうやら私を無謀な戦争に巻き込みたくないと思ったようだ。本当に優しい王族だな。

「ラネル、前に私の好きな人の話したよね。馬鹿で単純で本当になんでこんな奴好きなんだろうって……でもね。そんなどうしようもない奴だけど私がピンチの時は必ず現れるのよ。そして私より弱いくせに、いじめっ子に向かっていくの。ボコボコにされても大きな体のいじめっ子に必死にしがみ付いて、私を守ろうとするの……彼はね。自分でもそのいじめっ子に勝てないってわかってるんだけど、気持ちで向かっていってたんだと思う」

「渚……」

「だからね、私は気持ちで向かっていく人が好きなの。ラネル、ユキハ、マジュニさん、ヒマリ、ジードにデルファン。ここで私だけ逃げ出したら、その彼にも怒られるし、何より絶対に後悔するから」

「だけど、渚。死ぬかもしれないんだよ！　無謀な戦いなんだよ！」

「大丈夫、勝ち目のない戦いだけど、彼はいつも最後には勝ってたよ。いじめっ子は根気負けしていつも逃げ出すんだから」

「渚……本当にいいの？」

「うん、みんなで生き残ろうよ」

ラネルは私を強く抱きしめてきた。勇太、私の判断間違ってないよね。

それから数日後、アムリア王国軍は戦いの準備をして、全兵力を総動員してテミラへ向かった。全兵力と言っても、魔導機六十機、ライドキャリア五隻、兵数千二百とこれから戦う相手の規模を考えたら心許ない。

テミラに到着すると、ベダ卿が深く頭を下げて迎えてくれた。

「本当にすまない。貴国にはなんと礼を言えばいいか……」

「アムリアは正しい方の味方だ。共に窮地を乗り切ろう」

マジュニさんは堂々とそう伝えた。ベダ卿と硬い握手をしてお互いを労《ねぎら》った。

テミラ軍の兵力は魔導機二百機にライドキャリア十二隻、兵数は五千とアムリア王国軍よりはかなり多い。

それでもこれから戦う敵はもっと多いので、念入りな作戦が必要となる。すぐに主要な者が集まり作戦会議が始まった。

「敵の予想戦力はどれくらいだ」

最初の作戦会議で、ベダ卿が情報を確認する。

「ルジャ帝国、先に東部諸国連合を脱退した四ヶ国も参戦することを予想すると最低でも魔導機千五百、ライドキャリア五十隻、兵数二万以上はいるかと……」

「まともに戦っては勝ち目がないな」

「予想される敵の侵攻ルートは、三つ。エムジ川の下流、ルザン山脈南側、それとバルハ高原。どのルートを突破されても聖都まで一直線で敗北は必至となります」

「必然的に軍を三つに分ける必要があるということか」

「ただでさえ戦力が少ないのに分散するのは痛いな」

地図を見ながらラネルが提案する。

「激戦が予想されるバルハ高原をテミラ軍にお願いして。地理的優位で少数でも防衛《ぼうえい》し易《やす》いルザン山脈南をアムリア軍が受け持つというのでどうでしょうか」

「そうなるとエムジ川の下流方面はどうするのだ」

「実は我がアムリアの同盟国に援軍の要請をしていまして」

「なんと、まさかエモウ王国か！」

「はい。エモウ軍にエムジ川方面の防衛を担当してもらおうと考えています」

「エモウ軍が助力してくれるのは心強い。それではその担当で防衛準備をしよう」

「一つだけよろしいですか。地理に疎いエモウ軍は複雑な地形のエムジ川周辺の防衛に苦慮する可能性があります。できればテミラから少数でいいので案内役を出していただけませんか」

「もちろんだ。周辺地理に詳しい者を派遣しよう」

テミラの案内役とは別にエモウ軍を迎えるために同盟国であるアムリア王国からも人を派遣することになった。同盟国を迎えるという立場からそれ相応の人物が行く必要があり、その役目をラネルが引き受けた。

「しかし、ラネル。一人で大丈夫か？　何人か護衛を付けてはどうだ」

「いえ、ルザン山脈の防衛に一機でも戦力は必要でしょう。テミラの案内役の部隊と一緒だし大丈夫よ」

ラネルは笑顔で魔導機に搭乗すると、エモウ軍を迎えるために案内役部隊と共にエムジ川方面へと向かった。

あまりラネルと離れることがないからだろうか、彼女がどこかへ向かう後ろ姿を見てると、妙な不安感が押し寄せてきた。

五章 派兵

ルジャ帝国のベルン前線基地から帰還すると、エモウ王から丁重な呼び出しを受けた。

「一戦終わってすぐに申し訳ない。同盟国から援軍の要請があった。悪いが、我が軍の機動部隊として同盟国の救援に向かってくれないか」

「予想より早く動きがあったみたいだな。俺たちは貴国に雇われた傭兵だ。依頼があればどこへでも行こう。それで、どこに迎えばいいんだ」

ジャンがそう確認すると、エモウ王は詳細を説明した。

「となると戦場はそのテミラって国になるんだな」

「そうだ。同盟国はアムリア王国。アムリア軍はルジャ帝国と、寝返った東部諸国連合の国々の軍に攻められようとしているテミラに援軍として出向いている。かなり戦力差があり不利な状況だが、今後の東部全体の情勢に大きな影響を及ぼす大事な戦いだ。よろしく頼む」

「情勢に影響する重要な戦いなのかもしれないが、律儀に援軍要請に応えるとは、できた王さんだな」

「ふっ、ちゃんと損得勘定は働いてるよ。アムリア王国は小国だが将来有望でな。私は近い将来、東部の小国群を取りまとめるのはアムリア王国ではないかと思っているのだ」

「へぇ～　王様が天才とか、膨大な埋蔵量の鉱山を持ってるとかそんなところか」

「いや、アムリアの王は、ただの馬鹿だ。王の懐刀の娘である王女たちは優秀だがな。しかし、あの国の魅力はそこではない。常に正しいことをしようとする姿勢、国の大小に関係なく対等に接することができる公平性、色んな文化や考え方をする国々をまとめるのは、そういった資質が一番大事なんだと私は考えている」

「王さんが、そこまで肩入れするのは、それだけじゃなさそうだけどな」

「なっ！　どういう意味だ？」

「アムリアの話をするあんたの顔、家族を自慢する爺《じい》さんみたいだったぜ」

「ふっ……面白い奴だな。傭兵にしておくのは惜しい奴だ」

「無双鉄騎団はただの傭兵じゃねえよ。それをたっぷり見せてやるから楽しみにしてな」

「お前が言うのならそうなのだろう。アムリアを頼んだぞ」

ジャンは王様相手にフレンドリーに挨拶すると、謁見室を後にした。それにしてもジャンってどんどん貫禄《かんろく》が出てきたな。一緒にいたアリュナも感心している。

「それにしてもあんた。王様相手でも全く気後れしないね」

「王さんだって俺たちと同じ人間だろ？　変に気を使う必要ねえだろ」

「まだ商人だった時は多少は気を使ってたように見えたけどな」

俺がそう言うとジャンは笑みを浮かべてこう答えた。

「商人には商人のやり方。傭兵には傭兵のやり方があるんだよ。俺流の傭兵はあんな感じだ」

ジャンは器用なんだろうな、俺には到底真似できない芸当だ。

ベルンでの戦いを評価されたのか、ジャンの指揮能力を買われたのか、アムリアへの援軍部隊の指揮権は無双鉄騎団に委ねられた。魔導機二百機、ライドキャリア十隻を指揮下において、俺たちは戦場となるテミラへ向かった。

「とりあえずどこへ向かうんだ」

「アムリアから迎えの者と合流する手筈になっている。まずは合流地点まで行って、そこからは案内人の話次第だな」

合流地点はエモウ国境から西に三日ほど進んだ森林地帯で、そこまで迂回《うかい》することもなく一直線に進んでいた。

「船がいっぱいだね。これ、全部味方なんだ」

「魔導機も沢山いて頼もしいね」

今までこれほど多くの味方に囲まれたことがないこともあり、今の状況が嬉しいのかナナミとファルマがはしゃいでいる。

「艦長！　遠くの山地に何やら魔導機部隊の動きがあります！」

艦内通信でそう言ってきたのは、新人搭乗員で【フガク】の見張り台で監視をしていた仲間からのものであった。

「何！　どれくらいの規模だ？」

艦長と呼ばれて嬉しいのか、張り切った口調でジャンがそう聞く。

「遠くてはっきり確認はできませんが、十機ほどかと」

「そうか。よし、勇太。悪いが偵察に出てくれるか」

「わかった。ちょっと行ってくる」

偵察任務は、一人でもなんとでもなる俺か、ステルス機能を持つ『アルテミス』に乗るエミナの担当になることが多くなっていた。今回もいつものノリで軽く引き受ける。

「勇太、偵察に大型剣の二刀流は重いだろう？　こっちを装備してみてくれよ」

『アルレオ』に乗り込もうとすると、整備をしていたラフシャルにそう声をかけられた。ラフシャルがお勧めしてきたのは小型の短剣と、細身の剣であった。

「これは？」

「マインゴーシュとエストック、どちらも軽いから隠密《おんみつ》行動には最適だ」

「わかった。じゃあ、今回はこの二つを装備するかな」

「あっ、この二つの武器には秘密の仕掛けを用意しといたから、使う場面がきたら使用してくれよ」

「使う場面ってどんな場面だ？」

「それはフェリに教えといたから、彼女の助言を聞けばいいよ」

「フェリにって、いつの間に仲良くなったんだ？」

「いや、実は昔にちょっとね……まあ、それは今度話してあげるよ」

そうか、『ヴィクトゥルフ』を作った人ってラフシャルの弟子だって言ってたな。だとすればフェリのこと知っててもおかしくないか。

装備を変更すると、俺はすぐに出撃態勢に入った。

「勇太、『アルレオ』！　出撃する！」

【フガク】の開かれた正面ハッチから勢いよく飛び出す。そのまま魔導機部隊の動きのあった山地方面へと向かった。

★

テミラの案内役の部隊は魔導機五機、魔導機搭乗型の高速ライドホバーが二機の編成であった。高速ライドホバーには後方に荷台が設置されていて、魔導機を最大三機を載せることができる。私はその荷台に、魔導機レアールに搭乗して乗り込んだ。

「ラネル王女、味方してくれるエモウ軍の規模などはわかりますか」

エモウ軍との合流地点までは聖都から高速ライドホバーでも丸一日はかかる。その道すがら、私を退屈させないように気を使っているのか案内役部隊の隊長が定期的に話しかけてくれる。

「どうでしょうか……エモウ自体もルジャ帝国と緊迫した状況にありますから、あまり大きな戦力を援軍に出すことはできないでしょうし、魔導機百機ほどではないかと思いますけど」

「魔導機百機もきてくれれば心強いですなぁ。さらにエモウの魔導機部隊は強兵と聞きます。どれほどの活躍をしてくれるか楽しみですよ」

確かに心強い援軍ではあるのだけど、敵の規模を考えたらエモウ軍の援軍だけで戦局を打開するのは難しいだろう。

それを知っていても快く援軍を送ってくれたエモウ王には感謝しかない。

合流地点までもう少し。あと小一時間ほどで到着すると思われた。

しかし、その時、周りを警戒していた隊長が大きな声で注意を促してきた。

「周りに動きがあります！　敵軍かもしれませんから気をつけてください！」

確かに木々が揺れ、何かの動きが見える。どうやら私たちを包囲するように動いているようだ。

危険が迫っている状況を理解して、テミラ軍の雰囲気が重くなる。

「このままでは囲まれます！　突っ切れますか！」

「はい。全速力で突破します！」

高速ライドホバーは速度だけなら魔導機などより遥かに早い。囲まれる前にその場を切り抜けようとした。

だけど、その動きは相手に読まれていたようだ。目の前の木々がドカンと大きな音を立てて爆発する。

「くっ！　大変よ、逃げ道を塞がれたわ！」

それを見て部隊長が素早く部下に命令する。

「仕方ない。ライドホバー二号機の魔導機隊は障害物を撤去！　一号機はそのまま待機で障害物撤去後すぐに離脱！」

一号機は私が乗っている方のライドホバーだ。もしかしたら、最悪の場合、私を逃がすために一号機はそのまま待機させたのかもしれない。

「きたぞ！　撤去を急げ！」

見ると周りからワラワラと敵の魔導機が姿を現した。その数は十機以上と、こちらより遥かに多い。

「撤去完了！　一号機は離脱してください！　二号機部隊はこのまま敵を足止めします！」

二号機隊の魔導機のライダーがそう報告する。隊長がすまなそうにそれを了承した。

「すまない。一号機、出発だ！」

私を逃がすための判断だろう。足止めに残った二号機隊の魔導機は三機、敵の数を考えたら勝ち目などあるはずがなく、彼らの結末を想像したら胸が痛む。

高速ライドホバー一号機は唸りをあげて加速する。後方では二号機隊と敵との戦闘が始まる音が聞こえてくる。

合流地点まではまだ距離がある。そこまで辿り着けばエモウ軍がすでに待機している可能性が高い。なんとか逃げ切れればいいのだけど……。

だけど、そう上手くはいかなかった。敵の別部隊がすでに進行方向に待ち伏せしており、さらに多くの敵が現れる。すでに包囲されているようで、逃げ道はなさそうだった。

「ラネル王女！　申し訳ありません……我々が突破口を作りますので一人で逃げてください！」

「そんなのはダメです！　一緒に戦います！」

「いえ！　あなたに何かあったらテミラは大きな恥をかいてしまいます！　テミラの名誉のためにも逃げ延びてください！」

そう言うと高速ライドホバーからテミラの二機の魔導機が降りて、前方で道を塞ぐ敵部隊に攻撃を仕掛けた。

高速ライドホバー一号機は私を乗せたまま急発進する。

そのままライドホバーは敵部隊を通り抜けようとしたが、敵の魔導機の一体に槍で側面を貫かれ、横転して停止する。私は魔導機レアールごと、ライドホバーから投げ出された。

「ラネル王女！　早くお逃げください！」

案内役部隊の隊長が、横転したライドホバーからそう叫ぶ。テミラの人たちの気持ちを無駄にしないために、私は生き延びなければいけない。転倒していたレアールを起こして、すぐに森の中へと逃げ込んだ。

私は必死に逃げた――

後ろを振り向くこともなく森の中を駆け抜けた。

後ろから追ってくる気配がなく、逃げ切れたかと思ったが、やはりそう甘くはなかった。

前方から十機ほどの敵の部隊が現れる。

その部隊はさっきまでの敵と明らかに雰囲気が違った。

全機が揃えたように真っ黒のボディをしていて、そして胸には共通の赤い兎《うさぎ》のシンボル――噂《うわさ》には聞いたことがある。ルジャ帝国、死の黒兎、第七魔導機兵団……ルジャで一、二を争う最強部隊が、今、私の目の前にいる。

まともに戦って勝てる相手ではない。私はすぐに別ルートの逃げ道を探った。見ると左手に滝があり、険しいがその横の斜面から山上へと逃げられそうだった。

悩んでいる余裕はない。私は左手へと駆け出した。

すでに黒兎には私の存在は認識されている。大きく旋回して、レアールを取り囲むように接近してきた。囲まれる前に滝を目指して加速する。

しかし、やはり黒兎の名は伊達《だて》ではなかった。機動力には自信のあるレアールだが、滝下で三機の黒兎に追いつかれる。

勝てはしないだろうが、なんとか逃げる隙を作るために剣を抜く。最小限の動きで目の前の黒兎に剣を突き立てる。

だが、レアールの剣は簡単に弾き返された。

すぐに黒兎はその牙を向けてくる。黒塗りの武器で容赦ない攻撃を仕掛けてきた。最初の大きな剣の一撃は体をかがめて辛《かろ》うじて避けることができたが、横から突き出された長い槍はレアールの肩を貫く。

鈍い衝撃に小さく悲鳴をあげた。

左肩の駆動部分を貫かれ、左腕がうまく動かない。私は剣を振り回しながら山陰に逃げようとした。

だが、背中に鈍い衝撃が走る。その重い一撃に前のめりになり、そのまま頭部から地面へと転倒した。

すぐに起き上がろうと体を起こすが、目の前に飛び込んできたのは絶望的な状況であった。

黒い魔導機が二十機以上……すでに完全に包囲され、逃げ道すら見当たらない。

黒兎は黒光りする武器を構えて、すぐに私を葬るために動いてきそうであった。

もうダメだ……。

絶体絶命のピンチ。私の意識は暗い闇の中に落ちるように黒く塗りつぶされていく……。

そんな闇に落ちる中で、私は少し前にした渚との会話を思い出していた……。

——でもね、そんなどうしようもない奴だけど、私がピンチの時は必ず現れるのよ。そして私より弱いくせに、いじめっ子に向かっていくの——

渚はその好きな人を思い出しながら嬉しそうに話していた。私にはそんな存在は今も昔もいない。

正直、羨ましいとすら思っていた。

私にもピンチの時に現れるそんな人がいたら……。

無駄な妄想だが、渚の好きな人と同じように、私がピンチの時に颯爽《さっそう》と現れる私だけの英雄、そんな人がいたら……。

黒兎たちが武器を振りあげる——

もう、終わりだ。みんな……ごめん……。

その瞬間、振りあげた黒兎の剣が腕ごと吹き飛ぶのが見えた。

強烈な熱風のような気配が、嵐のように感じた——

そして、瞬きした間に、私の前には白い影が現れていた。

白い魔導機!?

白い影の正体は一機の白い魔導機であった。

現れたその白い魔導機から外部出力音で声をかけられる。

「おい、そこの倒れてる魔導機。確認するけど、アムリア王国の人間で間違いないか？」

私は呆然としていて思考が遅れる。少し間を置いてしどろもどろに返事をする。

「は……はい！」

「よかった～　ピンチそうだからとりあえず助けたけど、敵だったらどうしようかと思ったよ」

「あっ！　危ない！」

話をしている隙に、黒兎たちが白い魔導機に攻撃を仕掛けた。それが目に入って思わず声をかけたのだが余計なお世話だったようだ。白い魔導機は不意をついてきた敵の攻撃を軽く避けると、細身の剣でその敵機を簡単に貫き倒す。

「とりあえず、そこにいて。敵を片付けるから」

そう簡単に言うが、どう見ても白い魔導機は単機にしか見えない。いくらなんでも一機で、二十もの黒兎を倒すのは無謀である。無茶なその言葉に声をかけようとしたが、白い魔導機は掻《か》き消えるような速さで動き出す。

白い魔導機は信じられないことに、あの黒兎を速さで圧倒していた。さらにパワーでも遥かに凌《りょう》駕《が》しており、小さな短剣の一振りで黒い大きな機体がバラバラに吹き飛んでいる。

そのまま物凄い勢いで黒兎は駆逐されていき、簡単に言った言葉の口調のままに有言実行しそうであった。

無駄のない渚とは別種類の超人的な動き。力強く、直線的な男性の動作に胸がときめく――

なに……この胸のドキドキは!?　渚の話を聞いてたからだろうか、ピンチを救ってくれているあの白い魔導機に、私は今まで感じたことがないほどの異性への気持ちの高ぶりを感じている。

一目惚れなんて言葉はありえないなんて思っていたけど、まさかまだ姿を見てもいない男性にこんな気持ちになるなんて……。

私は大きな戸惑いを感じていた。

★

ピンチそうな魔導機がいたので勢いで助けたのだが、なんと合流する予定のアムリア王国の人間だった。

敵を助けたんじゃなくて本当に良かった。

襲っていた二十機ほどの黒い機体ばかりの気持ち悪い敵部隊を片付けると、助けたアムリアの魔導機に声をかける。

「大丈夫か？　肩をやられてるみたいだけど」

「だ、大丈夫です。怪我《けが》はないですし、魔導機もなんとか動きます」

「そうか。君は一人なのか？　仲間は誰もいないようだけど」

「あっ！　すみません。助けてもらって申し訳ありませんが襲撃されて仲間が戦闘中なんです、一緒に助けに行ってもらえませんか」

一人でこんなところで襲われているのは変だと思った。どうやら襲撃されて仲間と逸《はぐ》れたようだ。

「わかった。すぐに助けに行こう！」

俺がそう言うと、アムリアの魔導機はフラフラと立ち上がって、仲間の元へと案内した。

案内された場所に行くと、彼女の仲間の魔導機はボロボロの状態であったが、辛うじてまだ生存していた。俺はすぐに助けに入る。

取り囲む魔導機は十機ほど。さっきの黒い機体ではなく、灰色の汎用機のようだ。

味方機に近づくついでに、走り抜けながら左右にいた五機の魔導機をエストックとマインゴーシュで破壊する。

味方機を取り囲んでいる敵機は四機。

まずはエストックで頭部と腹部を貫き一機を倒すと、マインゴーシュで二機の頭部を飛ばす。

残った一機をエストックで腹部を貫きながら、マインゴーシュで首を飛ばしてトドメをさした。

助けられて安心していると、まだ奥に味方がいると聞く。

俺は『アルレオ』を全速力で走らせ、そちらに向かった。

言われた方向に走ると、すぐにボロボロになりながら必死に戦う三機の魔導機が見えてきた。

三機は身を寄せ合いながら、十機ほどの敵機に囲まれながら必死に戦っていた。

アムリアの魔導機を置いて走ってきたので味方がどっちかわからなかったが、取り囲んでいる魔導機はさっき倒した灰色の魔導機に似ているし、多分、劣勢の方が味方だろう。

取り囲んでいる魔導機たちは、『アルレオ』が走ってきたのに気づいたようだ。すぐに戦闘態勢に入る。

やる気満々なら遠慮はいらない。『アルレオ』をさらに加速させて攻撃を開始した。まずは超高速で無数の突きを繰り出し、三機の魔導機を蜂の巣にする。状態を低くして、タックルを繰り出すように敵機に接近すると、起き上がりざまに二機の首をマインゴーシュで飛ばした。

敵がノロノロと攻撃してきたが、軽くエストックで弾き返し、返す刀で頭部を貫き潰す。

残った敵機が慌てて『アルレオ』を取り囲もうとする。

俺は回転するようにエストックで突きを繰り出し、取り囲んできた敵機を次々に破壊していった。

一通り敵機を倒すと、安全確認のためにフェリに聞いた。

「フェリ、周りに敵はいそうか？」

「先ほどの友軍以外に魔導機の反応は近くにはありません」

なら大丈夫だな。安心して味方の魔導機を救助できる。


「王女様!?」

驚くことに最初に助けた魔導機のライダーはアムリア王国の王女様だった。

そして次に助けた魔導機たちはテミラの案内役部隊だそうだ。

「い、いえ。小さい国の王女です。様などつけずに接してください」

「わかった。え～と、ラネル王女、早速だけど、エモウ軍と合流しようと思うけど、みんな動けそうかな」

「はい。高速ライドホバーの一機は大破してしまいましたが、もう一機は辛うじて動きます。魔導機は全機ボロボロですが歩行には支障はありません」

「それじゃ、移動しよう」

そう言ってエモウ軍の待機している合流地点を目指したのだが、その直前で敵の大部隊を見つけてしまう。

「凄い数だな……」

「ルジャ帝国の侵攻部隊ですね。このまま進んだら発見されそうです」

俺一人なら突破できそうだけど、ボロボロの魔導機と辛うじて動いているライドホバーを連れてはとても進めない。

さて、どうしたもんか……仕方ないのでジャンに相談することにした。

「ジャン、聞こえるか?」

「おう、勇太。偵察はどうだ」

「アムリアのラネル王女と合流した」

「なんだと! なかなか合流地点にこないと思ったけどそこにいたのか」

「それで、現状の話をするけど、ラネル王女を連れてそっちに行こうとしたけど敵の大部隊が展開していて進めそうにない」

「大部隊か、こっちでもそいつは把握している。ちょうど今、戦闘準備を始めたところだ。状況はわかった。それじゃ、こうするぞ。お前はラネル王女を連れて迂回して北西に見える山に向かえ。そこにこっちからも応援部隊を向かわせるから合流して戻ってこい」

「わかった。北西の山だな」

ジャンとの会話をラネル王女たちに伝え、敵を警戒しながら北西の山へと向かった。

すでに敵がかなりの数侵攻してきているようで、大部隊を回避しながら迂回しても、敵の小隊などに遭遇する。

「静かに！　敵の部隊だ」

本隊に連絡されたら厄介だ。俺は素早く動いて、通信される前に敵部隊を殲滅させる。

五機の敵部隊を十秒ほどで片付けると、ラネル王女やテミラ兵が感心したように称賛する。

「これほどの実力者は出会ったことがない。エモウ軍は強兵と聞くがこれほどとは……」

「あっ、俺は正確にはエモウ軍に雇われた傭兵だよ。無双鉄騎団っていうんだ」

名を売るためにそう教えた。

大きく迂回していることもあり、北西の山まではまだまだ距離がある。

日も暮れてきたことで視界も悪くなってきたので、少し休憩することにした。

身を隠せて、周りがよく見える山陰で見張りを立てて休むことにした。

念のため、何か近づいたら教えてくれるようにフェリに頼んでおいた。

軽い偵察のつもりだったので俺は携帯食を持ってきていなかったが、テミラ軍が十分な食料を持っていた。

それを分けてもらい腹を満たす。その時、生ラネル王女と初めて対面した。ラネル王女は輝くほど美しい金髪の、可愛らしいお嬢さんだった。

彼女は携帯食を貪る俺に恐る恐る近づいてきた。そして食べてる様子をジッと見つめている。

用があるなら話しかければいいのに……。

「ラネル王女だよね。君は食べないのか？」

たまらなくなり、こちらからそう声をかけた。

「え、えっと、お腹空いてないんです」

「それでも食べられる時に食べておいた方がいいぞ。この後、何があるかわからないんだから」

「そ、そうですよね！　それじゃ、一緒に食べさせてもらっていいですか……」

どうやら一人で食事するのが寂しいタイプのようだ。断る理由もないのでそれを了承する。

食事をしながらラネル王女が聞いてきた。

「あの……お名前を聞いてもいいですか」

「あっ、俺は勇太」

「勇太さん……素敵な名前ですね」

「えっ、そうか？　そんなふうに言われたの初めてだよ」

ラネル王女はなぜかモジモジしながらさらに聞いてくる。

「それで、勇太さんは……その……ご結婚とかは……」

「え！　そんな歳《とし》に見える？　まだ十七なんだけど……」

「十七でしたらもう成人されてますし、決まった相手とかは……」

あっ、そうか、この世界は十六でもう成人だったっけ。

「いや、そんな予定も相手もいないよ」

好きな人はいるけどな、白雪《しらゆき》結衣、どうしてるかな……会いたいな……。

それについでだけど渚もどうしてるだろう。好きな人を思い浮かべてあいつを思い出すのも不本意ではあるが、幼馴染みとして渚のことも心配ではあるな。

「決まった相手はいないのですね！　そうですか～♪」

なぜかラネル王女は凄く嬉しそうだ。俺が既婚者かどうか、テミラの人と賭けでもしていたのだろうか。

「それより、ラネル王女は決まった人はいないのか」

「あの……王女は必要ありません。ラネルと呼んでください」

そう言われて言い直した。

「えっと、それではラネル。君はどうなんだ。決まった相手はいないのか？」

聞いて欲しそうだったのでそう聞き返す。

「決まった相手はいないですけど……その……思い人は……」

「そうか、その思い人とうまくいくといいな」

「はい！」

ラネルは元気よく返事をする。ちょっと変わった子だな……リンネカルロもたまに変になるけど、この世界の王族ってみんなこんな感じなんだろうか。

休める時に休む。

フェリに周りの警戒をお願いして、俺は『アルレオ』の中で仮眠をとる。

目を閉じて休もうとするが、さっきラネルとあんな話をして白雪と渚のことを考えたからだろうか、二人との思い出が溢《あふ》れてきて眠れなくなった。

白雪はしっかり者で何をやっても優秀だから、こんな世界でも上手くやっているイメージしかないけど、渚はちゃんとしてそうで抜けたところがあるからな……心配の度合いでは渚の方が強いかもしれない。

そうだ、もう少し落ち着いたら二人を探しに行ってみよう。

どうだろう、二人とも俺が会いにきたら少しは喜んでくれるかな……そんなことを考えているうちに、いつの間にか夢の中へとフェードインしていた――

▼

この俺、岩波蓮《いわなみれん》が、ハイランダーのみで構成された特殊魔導機部隊、『闇翼《あんよく》』のメンバーとなってもうどれくらいの月日が経過しただろうか――あの妙なオークションが遥か昔のように感じる。

ヴァルキア帝国は、長く続くリュベル王国との紛争を優位に進めるべく、国力の増強を促進していた。ライダーや魔導機を増やすだけではなく、外交や裏での密約によって味方となる勢力の拡大を狙っていた。

ヴァルキア帝国の皇帝陛下の甥《おい》、ミューダとルジャ帝国のナトフ姫が政略的な結婚を行ったことにより、ヴァルキアとルジャ、その関係は大きく近づいた。

ルジャ帝国の帝王が亡くなった後は、ヴァルキア帝国の強烈な外交圧力と、有力後継者たちの突然の死により、ミューダがルジャ帝国の帝王に即位する。

帝王ミューダは昔から皇帝陛下を崇拝していることもあり、ルジャ帝国はヴァルキアの意のままに操られる属国に変貌した。

これまで敵対するリュベル王国との緊張の中、実行することができなかった東部制圧を、ルジャ帝国に任せることにより可能となり、秘密裏にそれは進められた。

物資などがルジャから支援され、軍事力は急激に増強された。そして準備が整い、いよいよ計画は実行される。

東部制圧の障害となるのは東部諸国連合とエモウ王国の二つの勢力だと目されていた。

エモウ王国は強兵で知られ、さらにエモウ王は東部でも随一の切れ者と評価が高かった。

そんな事情もあり、まずは御し易い東部諸国連合を狙う。

予定通り、東部諸国連合のほとんどがヴァルキアの威光により、ルジャ帝国の傘下へ入ることになった。

残るは東部諸国連合の盟主であるテミラと、妙な正義感があり、従属を拒否すると目されたアムリアだけである。

残念だがこの二つの国は近々大陸から姿を消すだろう。

ヴァルキア帝国からの支援を受けたルジャ帝国が武力侵攻を開始したからである。

リュベル王国の目もあり、ヴァルキア軍による本格的な参戦は難しいが、少数での援軍は可能と判断され、甥っ子思いの皇帝陛下の命により俺たち『闇翼』がルジャ帝国を支援するためにテミラ攻略に参戦することになった。


「テミラのような小さな国を攻略するのに、俺たち闇翼が出る必要があるのかね」

テミラ攻略の任務を聞いた同僚のヘンケルが愚痴を言う。

「テミラだけなら問題ないが、エモウ王国も動き出したとの情報が入ったんだ。エモウ軍は強いらしいぞ」

同じく同僚であるマーダーがそう答える。

「それでも俺たち闇翼の敵じゃないだろうよ。ハイランダーのみ二十名の精鋭部隊だぞ。ぶっちゃけ、俺たちだけでテミラなんて攻略できる」

「ふっ、それは否定しないがな」

二人とも自分の所属する闇翼に絶対の自信を持っている。

ヴァルキアには闇翼より上位のさらに強力な部隊が存在するが、大陸の中でも屈指の部隊だという自負は皆にあった。

闇翼は全員、同じタイプの魔導機を愛用している。『イカロス』と呼ばれる魔導機で、それぞれ持っている武器や、カラーリングなどは自分好みにカスタマイズしているが中身はほぼ同じである。

「蓮、前から気になってたんだけど、お前の『イカロス』は色が派手だよな」

ヘンケルがしみじみとそう言ってくる。

確かに俺の『イカロス』はカナリアイエローと、闇翼の名からは程遠く派手な色だ。まあ、これは仕方ない。なにしろ俺はサッカーのブラジル代表チームが大好きだからだ。

闇翼のライドキャリア『ツクバ』に搭乗すると、ミーティングルームで隊長から作戦の詳細が説明された。

「テミラへの侵攻作戦はあくまでもルジャ帝国主導で行われる。ゆえに我々には具体的な役割は指定されておらず、自由に動き、敵軍の戦力を削ることだけに注力することになる」

「自由なら敵の首都を一気に攻めませんか？　その方が手っ取り早い」

「そうもいかん。そんな派手な動きをすればリュベルに気づかれる恐れがある。この戦いにリュベルが介入してきたらそれこそ厄介なことになるのはお前の空っぽの頭でも理解できるだろう」

そう隊長に言われてヘンケルは押し黙る。

「あくまでも地味に、しかし、確実に敵の戦力を叩く。それが今回の任務だ。具体的には大規模な戦闘が予想されるバルハ高原の戦いで、ルジャ軍に紛れて敵軍を叩いていくつもりだ」

全員が今回の任務が簡単でつまらないものになると感じていた。それは俺も例外ではなく、まるでサッカー部の時に行っていた、大きな大会前にやる調整のための弱小校との練習試合のように感じていた。

▼

迎えの部隊との合流地点である北西の山に到着すると、ラネルたちにはその場で待機してもらって俺は山上へと登り周りの状況を確認する。

ジャンたちが敵の大規模部隊と戦闘しているのがここからでも見える。さらに北東方面を見ると、敵の増援部隊が近づいているのを確認した。

あの増援が流れ込んでくると厄介だな。今のうちに叩けるといいんだけど……。

しかし、ラネルやテミラの兵たちを連れてアレに攻撃を仕掛けるのは無謀だな。どうするか……そうだ。迎えの部隊がきたらラネルたちを任せて、俺は単騎であの増援を討ちに行くか。

そうだな、そうしよう。そう考えてると、下から合図が送られてきた。

何かあったみたいなので急いで降りる。

「勇太さん！　敵部隊が近づいてきています」

下に降りると、すぐにラネルがそう言う。

上からでは木々に阻まれ見えなかったけど、中規模の敵部隊がこちらに向かってきていた。

敵機の数はざっと見て五十機ほど、すでにこちらに気づいているようでまっすぐ向かってきている。

一機だけなら逃げられるかもしれないけど、ボロボロの仲間を連れての逃亡は無理だろう。

「ラネル、あの数だと君らを守りながら戦うのは難しい。後退して隠れててくれるか」

「そんな……いくら勇太さんでもあの数とお一人で戦うのは無謀です！　私も戦います！」

「そうです、我々も戦わせてください！」

ラネルとテミラのライダーたちがそう言ってくる。気持ちは嬉しいけど正直、一人の方が戦いやすいんだよな……かと言って足手纏《あしでまと》いだとはっきり言うのはなんだしな。

「わかった。それじゃ、俺が仕留め損ねた敵を後方で迎え討ってくれるか」

それに同意したラネルたちは後ろに下がってくれた。

よし。それじゃ、後ろには一機も行かせないつもりで戦うか。

「マスター、近づいてくる敵機は五十二機、『アルレオ』のみで殲滅するには二十分ほどの時間が必要です。その間に敵の増援がくる確率は六十五パーセント。できれば戦闘を回避することを推奨します」

フェリがそう助言してくれる。

「悪いが戦闘は回避できない。さらに敵を後方へは行かせたくないのだけど、可能か？」

「現状では敵機の後方への移動を防ぐのは不可能です」

「現状とはどういう意味だ？　可能にする方法があるのか？」

「マインゴーシュを閃光《せんこう》モードに切り替えてください。一度に発動できる閃光モードの継続時間は十分ですが、その間に敵を殲滅すれば可能です」

「閃光モードとはなんだ？」

「閃光モード中にマインゴーシュを振ると、強烈な光を発するようになります。広範囲の敵に目眩《めくら》ましを行うことができますので、多数の敵との戦闘では効果的です」

なるほど、これで目眩ましを行って足止めしながら敵を倒していけばいいんだな。

閃光モードの切り替えは握りの部分を回転させることで行えた。回転させると、カッシャッと音を立ててマインゴーシュの形体が変わる。

敵の先鋒が近づいてきたので、試しに使用してみた。

閃光モードのマインゴーシュをサッと振る。

するとピカッと強烈な光が周りに放たれ、接近してきた敵機の動きが止まる。

『アルレオ』のスクリーンはラフシャルによって、強烈な光量を自動調整する機能が取り付けられているそうだ。

そのため、マインゴーシュの目眩ましは効かない。動きの止まった敵機を一方的にエストックで貫いた。

これは便利だな。こいつがあれば確かにあの数相手でも一機も逃さず倒していけそうだ。

しかし、閃光モードの使用時間は十分とそれほど長くはない。急いで敵部隊の殲滅に取り掛かった。

実際、目眩ましの範囲がどれくらいあるのか確認しながら、使用してみたのだが、想像以上に範囲は広いようだ。半径五十mくらいの魔導機に効果があるようで、高速で移動しながら目の眩んだ敵機を次々と破壊していく。

だけどこれって、味方が近くにいる乱戦では使用できなそうだな。仲間の目まで眩ましてしまいそうだ。

一回の閃光で、敵の魔導機は五秒ほどは行動不能に陥る。魔導機の戦闘で五秒の行動停止は致命的だと思う。

敵はほとんど抵抗することもできず、何が起こっているのかも理解できないうちに、五十二機いた敵機の大半は無残な姿で地面に転がった。

生き残った敵機は得体の知れない攻撃に恐れて、一目散に逃げ出した。

敵機を殲滅すると、ラネルたちが後方から出てきて近づいてくる。

「あの規模の軍を一人で倒すなんて……実際に見た今でも信じられないです」

「しかもこれほど短時間で……一体、あなたは何者なのですか。傭兵とは聞きましたが、無双鉄騎団というのは初耳ですし、剣聖以外にこれほどの傭兵がいるとは驚きです」

ラネルとテミラの隊長がそう言ってくれる。無双鉄騎団の名を広めるのには成功しているようである。

ラネルたちに誉《ほ》め殺《ごろ》しにされている時、言霊箱に通信が入ってきた。出ると相手はエミナであった。

「勇太、北西の山にもうすぐ到着するけど、状況はどう？」

「あっ、迎えの応援部隊はエミナなのか」

「私だけじゃないわよ。ナナミと二十機のエモウ軍も一緒よ」

エミナがそう言うと、待ってたとばかりにナナミが会話に入ってくる。

「勇太～　迎えにきたよ！」

「なんだ、そんなに戦力をこっちによこして向こうは大丈夫なのかよ」

「リンネカルロが無双してるから平気みたい。あと、ラフシャルの新兵器が強力みたいで、ファルマが大活躍してるのよ」

「なんだ、ラフシャルは他のみんなにも新しい武器を渡してるのか」

「そうよ。私のボウガンも強力になってるのよ」

「ナナミのも！　この盾、すっごいんだって！」

なるほど。ラフシャルは俺だけではなく、みんなに武器を用意していたみたいだ。

それからすぐにエミナたちと合流した。俺は敵の増援が近づいていることを説明して、ボロボロのテミラ兵やラネルを預ける話をした。

「ちょっと、その増援部隊を一人で叩くつもり？」

「勇太、またそんな無茶言い出して……」

「増援部隊がジャンたちと戦っている部隊と合流したら厄介だろ。そんなに数も多くないから一人でも平気だと思って」

「それで増援部隊の規模はどれくらいなのよ」

「ざっと見ただけだから正確にはわからないけど、二百機くらいじゃないかな」

「二百機を多くないって感じてる感覚は異常だから！　あのね、勇太。二百機の中にハイランダーやダブルハイランダーが多数いたらどうするのよ。いくらあなたでも、もしもってことがあるからね」

「いや、強敵がいるかどうかって、なんとなくわかるんだよな。あの増援部隊にはそんな気配がなかったから大丈夫だよ」

「何よその変な感覚……そんな得体の知れない能力を信じて、あなたを一人で二百機の部隊を倒しに行かせるわけにはいかないから」

「大丈夫だって。とにかくラネルたちを頼んだ。ジャンにもそう伝えておいてくれ」

「もう……言っても聞かないようね。わかったわ、私も一緒に行きます。ナナミ、悪いけどラネル王女たちを連れて本隊と合流して」

「え〜！　やだ、やだ！　ナナミも勇太と一緒がいい！」

「もう、困ったわね……」

その話のやり取りを聞いていたラネルが提案してくる。

「あの、確かに私たちは破損してボロボロですがまだ戦えます。よろしければその戦い、私たちも参戦させていただけないでしょうか」

ラネルの意見にテミラ兵も同調して、懇願してくる。いや、できればご遠慮願いたいと思うが、どうもそんな雰囲気ではなくなってきた。

「ちょっと、待って。ジャンに相談してみるから」

ジャンならキッパリと反対してくれると思って、そう言ったのだけど……。

「なるほどな。まあ、本人たちが戦いたいって言うなら、いいんじゃねえか。こっちは楽勝ムードだから好きにしろよ」

「え！　いや、ジャン、敵は二百機だぞ！　流石に危険じゃないか!?　連れているのは王女様だぞ！」

「馬鹿野郎！　お前は自分が強《つえ》えのをいいことに、単独行動に慣れすぎなんだよ！　ちょっとは周りを守りながら戦う術を学んだ方がいい！　いいじゃねえか。王女様を守りながら多数と戦う騎士ってのも悪かねえ。しかしよ、絶対に守り抜けよ！　一人も犠牲者を出すんじゃねえぞ！」

俺の強さを信頼しているのかジャンが無茶を言い出した。敵の増援部隊との戦いの難易度が何段階にも上がった感じで頭が痛い――


敵の増援部隊は静かだが確実に接近してきていた。いつもならパッと突っ込んで暴れて戦うだけでいいのだが、今回はそうはいかない。複数の仲間を守りながら戦うにはどうしたらいいか本気で考える。

やはりさっきの戦闘のように後方で待機してもらって、撃ち漏らした敵を倒してもらうとかどうかなとか考えていただのが、どうもラネルたちはやる気満々のようで、俺の隣から動こうとしない。

「とりあえず、みんな固まって離れないように陣形を守って戦おう」

バラバラに動かれたらとてもじゃないが守り切れない。俺はそう皆に注意した。

「勇太、敵が気づいたみたいだよ」

「よし、俺は中央で標的になるからナナミは左を、エミナは右を頼む。他のみんなは少し後ろから援護を！　絶対に前に出るなよ！」

そう指示を出した後、すぐに敵の先鋒部隊が突入してきた。敵は圧倒的多数なのを認識しているのか、大雑把に乱入してくる。

俺は目立つように中央で仁王立ちしてそれを迎え撃った。

やはり目立つ位置にいるのが幸いして、敵の先鋒部隊の大半が俺に殺到する。

まずはエストックの連続突きで数体を蜂の巣にする。踏み込んで周りの敵機の首をマインゴーシュで跳ね飛ばす。マインゴーシュとエストックの扱いにも慣れてきた、二つの武器を操り的確に敵機を撃破していく。

二十機ほど破壊したところで、敵も俺を脅威に感じたのか攻撃が慎重になってきた。

不用意に突撃せず、周りを囲むようにじわりじわりとにじり寄ってくる。

こうなってくると少し厄介だな……。

敵は俺以外を狙い始めた。まずは右にいるナナミがターゲットになる。

しかし、馬鹿な奴らだ。ナナミなら簡単に倒せると思ったのかな？　だけどそれは大きな誤算だ。ナナミは殺到してきた敵機の攻撃を左手に持った盾で防ぎながら、右手の剣で確実に撃破していく。さっき話していたラフシャルが施した盾の能力が発揮された。

「シールド・グラヴィティ！」

ナナミがそう叫ぶと、『ヴァジュラ』の周りの地面がボコッと陥没する。

同時にその範囲にいる敵機が地面に叩きつけられるように倒れた。

十機近い敵機がプシュプシュと白い煙をあげて動かなくなる。

後でラフシャルに聞いた話だが、ナナミの使用した技は、魔導機のルーディアコアと装備に埋め込んだ、二つのルーディアコアによる相乗効果を利用した魔導撃という攻撃らしい。リンネカルロの『オーディン』の雷撃と同じ原理だと聞いて納得した。

ちなみに魔導撃の発動キーが音声入力なのはラフシャルの趣味だそうだ。

エミナの強化されたボウガンは、ナナミの魔導撃とは少し違う。エンチャント・ウェポンという技術で、『アルテミス』から撃ち出されたボウガンの矢が命中した敵機は、命中した箇所からパリパリと凍結していき、そのまま動かなくなる。

二つのルーディアコアの起動が必要となる魔導撃は体力と気力の消耗が激しい分、威力が強い。

エンチャント・ウェポンは物理弾を強化するだけなのでルーディア負荷を抑えられ、効果がルーディア値に左右されにくいのが特徴のようだ。

俺とナナミ、エミナの三人により、正面から攻撃してくる敵部隊は、ほとんど苦もなく順調に撃退できている。

しかし、敵も馬鹿ではなく、数の差を利用して後方へと回り込もうとしていた。

このまま包囲されると後ろにいるラネルたちが危険になる。俺は正面の攻撃をナナミとエミナに任せて、ラネルたちの援護に回ることにした。

動き回りながら複数の味方の援護をするのは限界がある。その場から援護できる飛び道具があればいいのだけど……。

すぐに魔光弾を思い浮かべたが、一発しか撃てない魔光弾は決め手の攻撃にはなるが、今の状況では役には立ちそうになかった。

他に方法がないかフェリに相談する。

すると彼女は最良の方法を教えてくれた。

「マインゴーシュとエストックをアサルトモードに変形させてください」

「アサルトモード？　なんだよそれ？　閃光モード以外に変形するのか？」

「はい、マインゴーシュとエストックは三つの特殊モードで使用することが可能です」

特殊モードは三つもあるのか——

まあ、とりあえず使ってみればわかるだろうと、変形方法をフェリに聞いた。

まず、マインゴーシュの持ち手を、閃光モードとは逆の方向へと回転させる。すると、マインゴーシュがカシャッと変形して銃の持ち手のように変形した。

そしてマインゴーシュの刃の部分にできた穴にエストックを差し込む。差し込んだエストックをそのまま持ち手から回転させながら押し込むとエストックが筒のように変わっていった。

押し込んだエストックの持ち手をもう一度引くと、銃のグリップのように変形してアサルトモードへの変形が完了する。

「アサルトウェポンを構えてください。『アルレオ』のスクリーンをスコープモードに変更します」

フェリの言うように変形したマインゴーシュを構えると、スクリーンが拡大表示され円形の目印が現れる。

その円形の目印を敵機に合わせて引き金を引く。

バシュ！　と音を立てて光の細い筋がターゲットにした敵機まで伸びていく――

光が命中すると、命中した箇所が破裂するように吹き飛んだ。

魔光弾に似ているけど、魔光弾より線が細く、威力もあれほど強力ではないようだけど、十分、敵機にダメージを与えられるようだ。

「アサルト弾は光属性の魔導弾です。物理弾とは違い、マスターのルーディアを利用して生成された光弾です。連続で使用すると体力と気力を消耗しますのでお気をつけください」

使いすぎると疲れるよってことだな。まあ、どれくらいの疲労度があるのかは実際に使ってみて確認しよう。

俺は周りを見て、苦戦している味方機を探す。そしてアサルトウェポンを構えて光弾を放っていった。

☆

整備中の事故死、チェイニーの死はそう伝えられた。御影くんと、この国を出る話をするのには、憔悴《しょうすい》している今が好機であろう。私はすぐに彼にコンタクトを取った。

「御影くん。話は聞いたわ。お気の毒としか言えないけど……」

「南先生……まだ、彼女の死を受け入れることができません。僕は……僕はどうしたらいいのでしょうか……」

「この国には辛い思い出もいっぱいあるでしょう。そんな場所にいても癒《いや》されることはないですよ。私たちと一緒に行きましょう。それが貴方にとって一番の選択だと思います」

そう言うと、御影くんは少し考えてから小さく頷いた。

御影くんを救うことには成功したけど、まだ安心はできない。彼はこの国にとっては大事な戦力であり、資産でもある。婚約者が死んだから、国を出ますという話は通じない。逃亡という選択しか方法はなかった。しかもタイミングの悪いことに、別の問題も同時に発生していた。

「瑠璃子。ちょっと私は動きすぎたようです。王都にいることがメルタリア王国軍に知られてしまったわ」

クルスさんにはかなり動いてもらったので、私にも責任はある。状況を嘆くより今後の行動を考えた。

「早急に御影くんを回収して出発しましょう」

「守とはどこで合流予定なの？」

「王都の北の郊外です」

「まずいわね。そちらには王都防衛隊の基地があるわ」

「だけど、いまさら合流地点は変更できません。強行突破するしかないでしょう」

「ククク、最高の答えよ、瑠璃子。それじゃ、いざとなったら私も手伝いましょう」

クルスさんの魔導機はまだ修理が終わっていないので動かすことができない。どうするのかと思ったのだけど、別の魔導機をどこからか調達してきた。

「急いでいたからハイランダー機しか調達できなかったわ」

その言葉が意味するのは、クルスさんはハイランダー以上の存在であるということである。単純に興味があるのもあるが、戦力を把握するためにルーディア値を聞いた。

「クルスさん。貴方のルーディア値はいくつなんですか」

「フッ、私はトリプルハイランダーよ」

「ト、トリプル……と言うことは3万以上ということですか！」

信じられない数値だ。ハイランダーでも異次元の強さに感じるのに、それを超える力とはどれほどのものか想像もできない。


御影くんは予定通り、自分の魔導機に乗って王都北の郊外へとやってきた。しかし、その動きがメルタリア王国軍に知られたようで、程なくして二十機ほどの魔導機が姿を現す。

「御影くん、早くライドキャリアに乗って！」

「は、はい！」

できれば戦闘は避けたい。御影くんを回収すると、すぐに出発した。それを追いかけるように、メルタリア王国軍の魔導機が追跡してくる。すぐに戦闘になるかもしれない。悪いけど御影くんにはそのまま魔導機で待機してもらった。

「南先生！　ダメです！　逃げ切れません！」

メルタリア王国軍は足の早いライドホバーも用意していた。魔導機だけなら振り切ることもできたかもしれないけど、ライドキャリアの倍近い速度のライドホバーに回り込まれてはどうすることもできない。

「仕方ありません。出撃して戦いましょう。クルスさん、申し訳ありませんが手を貸してください」

「喜んで。貴方たちのために敵を蹴散らしてあげるわ」

命を懸けた戦いなのに、彼女は満面の笑みでそう答えた。修羅場をくぐり抜けてきた自信からなのか、それとも自分は死ぬことはないという勘違いからなのかわからないけど、心強くは思う。

近くに王都防衛隊の基地があることからあまり時間をかけて戦うわけにはいかない。長引けば敵の増援がくる可能性がある。

出撃したのは私とクルスさん。それに回収したばかりの御影くん。ハーフレーダーの堀部《ほりべ》くんと明音《あかね》さん。それと剣闘士だった三人、山倉くん、芝居《しばい》くん、原西《はらにし》くんの計八人だ。咲良《さくら》さんと奈美《なみ》さんにはライドキャリアに残ってもらった。

敵は約二十機、こちらより数は多い。

「隊長機はハーフレーダー、後は雑魚ね。隊長は私が片付けましょう」

クルスさんはすぐに相手の戦力を分析して教えてくれる。そして素早く行動する。

トリプルハイランダーというのは本当のようだ。クルスさんはハーフレーダーの隊長機を一撃で葬り去った。

「守！　何しているの！　さっさと戦いなさい！」

「その声はクルス指令！　どうしてここに!?」

クルスさんが、元の仲間と戦うことをためらっていた御影くんに外部出力音で声をかける。

「誰がどこにいようと関係ないでしょ？　私は戦えと言ったのよ」

「は、はい！」

何か弱みを握られているように、御影くんはクルスさんの言葉に従った。

さすがはハイランダーの御影くんだ。あっという間に二機を破壊する。

さらにハーフレーダーの堀部くんと明音さんがそれぞれ二機を倒し、原西くんが一機を破壊する。

私も生徒に負けてはいられない。

山倉くんを羽交い絞めにしていた敵機を、後ろから貫いて倒した。さらに近づいてきた敵機の腹を蹴り上げ後ろに倒すと、素早く馬乗りになり、ダガーで静かにコックピットを貫いた。敵機のコックピットが近かったこともあり、ダガーを押し込む時、中のライダーの悲鳴が聞こえた。


クルスさんや御影くんの活躍もあり、敵部隊の制圧は想像より早く終わった。敵に情報を与えないために、降伏してきたライドホバーの操縦者たちは容赦なく殺した。

「ひっ……南先生、なにも降伏してきた人たちを殺さなくても……」

女子たちは顔を背け、男子も抗議の声をあげる。優しい子たちだ。しかし、この世界では非情にならなければ生き残れない。

「私も殺したくはありませんでした。しかし、彼らを生かしておけば、後々危険になる可能性がありました。少しの懸念点も見逃すわけにはいかないのです」

みんなこれまで、生と死のやり取りをしてきたこともあり、私の言葉に納得したようだ。それ以上、何も言わなかった。

「それより、今のうちにメルタリア王国を脱出しましょう」

その言葉に、クルスさんがすぐに同意してくれた。

「そうね。そろそろ基地から援軍がくる頃合いだし、早く出発した方がいいでしょう」

向かうは入国時に使った秘密の裏ルート。王都防衛隊の基地を避け、少し遠回りをして向かうことにした。

六章　ピンチの時には

ルザン山脈南の渓谷――

この付近では唯一、ライドキャリアが通行可能な道で、テミラの要所となっている。渓谷には小さな砦《とりで》が作られていて、そこに私たちアムリア軍は布陣していた。

「お父さん、きたみたいよ」

双眼鏡で遠くを見ていたユキハがそう報告する。

「ほう、ルザンから攻めてくるのはアルパ王率いるザーフラクト軍か」

マジュニさんがどうして攻めてきた軍が一目でアルパ王だとわかったかと言うと、敵軍の旗艦が派手なピンク色だったからだった。

「それにしても相も変わらず趣味の悪いライドキャリアだな」

「見た目の趣味は悪いけど、攻撃性能は侮れないわよ。強力な長距離バリスタを五門も備えてるからね」

「確かに、油断はできぬな」

敵が砦に接近するのを見て、ユキハが味方に指示を出す。

「全軍、戦闘準備！　配置について！」

砦と、渓谷の上にアムリア軍の魔導機が展開する。

配置についた魔導機は全てアローという弓のような武器を装備していた。砦の防衛戦を想定して、急いで準備した物だ。

私も砦の上から弓を構えた。高校では弓道部に所属しており、弓の腕には自信がある。魔導機に乗っていても弓を引く感覚はそれほど変わらないし、やれそうな気がしていた。

六隻のライドキャリアが砦に近づいてくる。敵の魔導機はそのライドキャリアを盾にするように、隠れながら近づいてきている。どうやらこちらの攻撃を警戒しているようだ。

「矢を射よ！」

ユキハの号令により、砦から一斉に矢が放たれた。

ライドキャリアの陰に身を隠しているが、渓谷の真上から放たれた矢はライドキャリアを越えて敵の魔導機部隊に襲いかかる。

ガンッガンッと矢が命中する音が聞こえてきて、魔導機が破壊される爆発音も響いている。

しかし、敵も黙って攻撃を受けていない。ライドキャリアのバリスタの砲門から一斉に放たれたのを合図に、敵魔導機部隊は砦の城壁目指して駆け出してきた。

敵が迫ってくるのを見て、アムリア軍の弓の攻撃も激しくなる。砦の城壁はそれほど強固ではないので、バリスタの攻撃や敵の魔導機の攻撃で壊され、このままでは破壊されて砦内に侵入されてしまいそうだった。

「渚！　出撃して敵の前衛部隊を叩くぞ！」

ジードがそう声をかけてくる。

私は敵軍に向かって射《う》っていた弓を置いて、太刀に持ち替えた。

出撃したアムリア軍の魔導機部隊は二十機。砦の城壁に取り付いている敵魔導機は五十機。

上からは仲間の魔導機の弓の援護もあるので、数では劣勢だが、なんとか戦えそうであった。

私とジード、それにデルファンは、一番槍を競うように敵部隊に攻撃を仕掛けた。

壁を壊すのに夢中の敵軍に対して、容赦なく攻撃する。

一つの踏み込みで太刀を三度振る。二機の敵をその動作で倒すと、さらに大きく踏み込み、太刀を四度振る。その攻撃では四機の敵の頭部を飛ばした。

よく、合気道には先制攻撃がないと言われるが、それは間違いである。

相手の攻撃の兆しを潰すためには積極的に攻撃を仕掛け、勝機と見たならそのまま一撃でとどめを刺すのも厭《いと》わない。あくまでも護身術ではあるが、戦いに勝利することによって身を守るという考えは大前提にある。特に私は攻撃的で、師匠である父によく怒られたものだ。

だけど、仲間や自分を守るためには躊躇してはいけない。

それが戦いの鉄則だと考えていた。

十歩も踏み込むと、ジードやデルファン、そして出撃した仲間たちの活躍もあり、五十機いた敵機の大半は倒していた。

「よしいいぞ、敵に囲まれる前に引こう！」

砦の外に長居するのは危険だ。私たちは目的を達成してすぐに砦の中へと撤退した。

城壁に近づいた部隊が全滅したことにより、敵軍は不用意に接近することができなくなった。

しかし、その分ライドキャリアのバリスタの攻撃は激しくなり、砦からのアムリア軍の攻撃との激しい撃ち合いが始まった。

「敵のライドキャリアの装甲は、アローや砦のバリスタでは貫けないいな」

「だけど、こちらの砦の城壁はダメージが蓄積されてるからフェアーじゃないわね」

ユキハが崩れゆく城壁を見てそう嘆いた。

「このままだと城壁を破壊されるのも時間の問題だな」

マジュニさんがそう寂しく呟く。どうにかしないと城壁を突破されてしまう。そうなると数で劣るアムリア軍は圧倒的に不利になってしまうだろう。

「あのピンクのライドキャリアって敵軍の王様が乗っているんですよね」

「うん？　まあ、そうだが……それがどうしたんだ」

「いえ、あれを倒せば敵軍は撤退するんじゃないかと思って……」

「確かにそうだが、どうやって倒すつもりなんだ」

「あれが崩れてきたら、ピンクのライドキャリアは一溜まりもないかと思うんだけど」

私が見たのは渓谷の上にある、大きな岩の塊だった。

それを見たユキハとマジュニさんもそれに同意した。

「確かにあれが落ちてきたら一溜まりもないだろうが、あの大きさの岩をどうやって落とすつもりだ」

「私に考えがあります」

そう言うと、二人は興味津々で話を聞く体勢になった。

巨大な岩を壊したり動かしたりするのは至難の業だろう。だけど、巨大な岩を支えている下の小さな岩とかなら破壊できるんじゃないかと考えていた。

小さなバランスの崩れは、大きな結果を生むことがある。あの巨大な岩なら少しバランスを崩してやるだけで、自分の重みで下に転がり出すだろう。

巨大岩の落石作戦は、敵に気づかれてライドキャリアを移動されては困るということで、少人数で行う必要があった。

「岩の破壊はユキハと渚に任せて、その間にジードとデルファンは敵の注意を引くために攻撃を激しく行ってくれ」

マジュニさんの言葉に、ジードが自信満々で言う。

「任せてくれ。岩なんかに頼らなくても敵軍を蹴散らしてやるよ」

自分の国の王様に言う言葉遣いではないと思うけど、マジュニさんは気にしていないようだ。

早速作戦は開始された。

私とユキハは敵に見つからないように死角から巨大な岩がある渓谷の尾根へと登っていった。

それと同時に、ジードとデルファンに率いられたアムリア軍の敵の注意を引くための派手な攻撃が始まる。

巨大な岩の近くまできた時、不意に気配を感じる。

そして身を隠す暇もなく、反対側から登ってきた敵魔導機小隊と鉢合わせした。

「敵！　しまったわ。作戦に気づかれたかしら！」

ユキハはそう言うが、作戦に気づかれたなら敵は旗艦のライドキャリアを移動させるはずである。

しかし、ピンク色の派手なライドキャリアは動く気配すらない。

「いえ、作戦には気づいてないはずよ！　とにかく敵部隊を倒しましょう！」

こちらから攻撃を仕掛けるより先に、敵の魔導機が動いた。

短めの剣を手に持って構えると、急ぎ足でこちらへ接近してきた。

私は太刀を抜いて敵を迎え撃つ。

敵の数は六機。いずれも軽装で線が細く、身のこなしが軽そうな魔導機で、パワーはなさそうだけど動きは早かった。

一機目が刃を下に向けて、叩きつけるように短刀で頭部を狙って攻撃してきた。

私は体を捻るようにしてそれを避けると、その敵機の脇腹辺りから太刀を振りあげるように斬り裂き、首上を切り飛ばした。

さらに間髪入れずに二機目が正面から、腰にしっかり短刀を持った状態で、体当たりするように『ラスベラ』の腹部を狙って突き刺してきた。

その刃が『ラスベラ』に届く前に、太刀を水平に振り切り、頭部を吹き飛ばす。

三機目と四機目は前の二機がやられたのを見て、攻撃が慎重になった。

それを見た私は、自ら踏み込んでその二機に近づくと、左手の掌底で一機を吹き飛ばし、もう一機を太刀を斜めに振り下ろし、肩から腰にかけて真っ二つに両断した。

連続した動きで、掌底で吹き飛ばした敵機にも太刀を突き刺しとどめを刺した。

残りの二機はユキハの『エウアール』に襲いかかっていた。

『エウアール』はフレイルという、棍棒《こんぼう》の先に鎖で鉄球が繋がれた形の、変わった武器を装備していた。

ユキハはフレイルを思いっきり叩きつけるように振り、刺々《とげとげ》の痛そうな鉄球を敵機の顔面に打ち当てた。

敵機の顔面は、ぐにゃり、とへこみ、プシュプシュという音と白い蒸気を吐き出して後ろに倒れる。

生き残った最後の一機が逃げようとする。

私は素早く敵機の後ろに回り込み、逃げようとする敵を押し倒し太刀で頭部を破壊した。

「片付いたわね。さっさと岩を落としましょう」

確かに急ぐ必要があった。下で仲間が戦っているが、数ではかなり劣勢なこともあり状況は思わしくない。このままでは多くの被害が出てしまう。

巨大な岩の下をじっと見つめる。どの岩を破壊すればうまく巨大岩が落ちてくれるか……。

合気道では相手の体重移動や力の掛かり具合なども読み、それを最大限に生かして技をかけたりする。私は同じ要領で乱雑に並ぶ岩を見つめて的確なウィークポイントを見極めた。

「ユキハ、あの岩を壊すわよ」

ユキハは私の言葉に頷くとフレイルを構えた。

私も太刀を構えて攻撃の準備をする。

そして合図とともに二人同時に岩に思いっきり打撃を加えた。

一撃目では破壊に至らず、ヒビが入っただけだ。

私たちは続けてもう一撃を岩に放つ――

するとバキッと乾いた音がして、狙った岩が崩れ壊れた。

「よし、離れましょう」

そこにいては私たちも巨大岩の落下に巻き込まれてしまう。巨大岩が崩れる前に離脱した。

しばらくは変化はなかった。

だけど、崩れた岩の周りが、少しずつずれるように噛み合わせが崩れていき、やがて雪崩《なだれ》のように崩壊する。

巨大岩もそんな崩壊の流れに飲まれるようにゆっくりと重力に引かれて下へ落ちていった。

そこまでくると敵も気がついたのか慌ててライドキャリアを動かそうとするが、回避するほどの急発進ができるはずもなく、巨大岩はピンクのライドキャリアを直撃する。

大岩に直撃されたライドキャリアは、二つに折れ曲がるように押しつぶされた。

潰されたザーフラクトの旗艦ライドキャリアは何度も爆発して炎上している。その艦に乗っていたであろうアルパ王は、無事ではすまないだろう。

大将を倒されたザーフラクト軍は、すぐに撤退を開始した。ゾロゾロと、きた道を戻っていくザーフラクト軍を見てユキハが安心したような表情でこう言う。

「これでしばらくはザーフラクト軍は動けなくなるわね」

「でも、まだあんなに敵が残ってるし、明日にでも戻ってきて攻撃を再開したりする可能性があるんじゃないの？」

「それはないわ。普通の軍の司令官が倒されたんじゃないのよ。王国にとって王様がいなくなるってのは大事件なの。しばらくは国内で色々面倒な問題を処理しなければいけなくなるから、戦争なんてしている暇はないわね」

「へぇ～　そうなんだ」

マジュニさんの考えもユキハと同じで、しばらくはザーフラクトの動きはなくなると予想していた。

「ザーフラクト軍を退けたことにより、ここ、ルザン山脈南からの侵攻の脅威は激減しただろう。しかし、テミラが脅威にさらされているのは変わらない。先ほどベダ卿から戦況の連絡があったが、バルハ高原での防衛戦でかなり劣勢に追い込まれているそうだ」

「ルザン山脈からの侵攻の脅威は少なくなったのならバルハ高原へ援軍に向かうべきかもしれないわね。聖都が陥落したら元も子もないわ」

「私もそれを考えていた。ここの守りは少数でも構わないだろう。ユキハ、渚、ジード、デルファンは軍を率いてバルハ高原へ向かってくれ」

ルザン山脈の砦には、マジュニさんが魔導機十機ほどの戦力とともに残ることになり、私たちはバルハ高原へとテミラ軍の援軍として向かうことになった。

バルハ高原――

「随分やられてるわね」

戦場を見て、ユキハが憂鬱そうにそう言う。

「でも、まだ負けてはいない」

ジードの言葉にユキハも頷く。

「そうね、確かにまだ負けてない」

私たちが到着した時には、テミラの戦力は半数ほどにまで減少していた。

しかし、それでも倍以上の敵に対してよく戦っていたと思う。

「ベダ卿、ザーフラクトのアルパ王を討ったことにより、ルザン山脈南からの侵攻の可能性は低くなりました。ですので、微力ながらこちらの援軍に参りました」

ユキハがベダ卿にそう伝える。ベダ卿は劣勢の心労からか、かなり窶《やつ》れているように見える。

「すまない……もしアムリア軍がきてくれなかったら、明日にもここは落ちていただろう」

バルハ高原に展開する敵軍は、ルジャ帝国軍と東部諸国連合の連合軍で、その数は魔導機五百機以上と圧倒的であった。すでにテミラ軍は半数の戦力を失い、私たちアムリア軍と合流してもその戦力は魔導機百五十機とかなり分の悪い戦況であった。


このままでは敗北は時間の問題である。ユキハは同盟国であるエモウ軍の状況を確認した。

少しでもいいのでこちらに戦力を割けないか、通信を使ってラネルに聞いた。

「ラネル、エモウ軍の戦況はどんな感じなの」

「エモウ軍は優勢に戦ってるみたいよ」

「みたいって……あなたエモウ軍と合流したんじゃないの？」

「正確にはまだエモウ軍の本隊とは合流してないの。別働隊と行動を共にしていて、本隊とも合流しようと思ってるけど、色々あってね」

「まあ、あなたが無事ならいいのだけど……話は変わるけどバルハ高原での戦いがかなり劣勢なの。エモウ軍に余裕があるのなら、こちらに援軍を送ってもらえないか話してくれないかしら」

「バルハ高原って、ルザン山脈はどうしたの？」

「そっちはザーフラクト軍を退けたから大丈夫。お父さんが残って守ってるわ」

「わかった。バルハ高原に援軍を送ってもらえるようにエモウ軍に話してみる」

同盟国のエモウ軍の援軍を期待するとして、それまでは今の状態で持ち堪える必要がある。どう時間を稼ぐか話し合いをすることになった。

「今、この丘上にある砦を死守できているので、なんとか戦線を保っていられるが、ここを取られたらもう為《な》す術《すべ》がない」

地図のある地点を示しながらベダ卿が説明してくれる。ユキハがウンウンと頷きながら聞いている。

「そうなると、いかにその丘上の砦を守るかが重要になるわね……わかりました。アムリア軍はその砦の救援に向かいましょう」

何かを決断したようにユキハが言うと、ベダ卿は安心したのかホッと一息《ひといき》吐《つ》いて礼を言ってきた。

「そうしてもらえると助かる。しかし、敵も砦の重要性を十分、理解しているようで攻撃がどんどん激しくなっている。厳しい戦いになるかと思うがよろしく頼む」

砦は六門のバリスタと三十機の魔導機で守りを固めていた。救援にきた私たちアムリア軍と合わせると魔導機八十機とライドキャリア四隻の戦力になる。敵の攻撃がどれくらいの規模まで拡大するかわからないけど、そう簡単には落とされないと私もユキハも考えていた。

◆

敵の増援部隊はなんとか片付けた。ラネルたちやエモウ軍にも被害を出さず、完全勝利を達成した。

まあ、ほとんどラフシャルの用意してくれたアサルトウェポンのおかげだけど……。

戦いも終わり、本隊に合流しようと現在の位置を確認する。

「やっぱり迂回しないとダメだな。まっすぐ進んだら敵の本隊のど真ん中だ。俺たちだけならいいけど、ラネルたちに連戦させるのはキツイからな」

「そうね、しかも本隊は増援部隊より多いでしょうから危険だと思う」

俺とエミナの意見は合った。そこで安全を最優先として、迂回して本隊と合流することにした。

迂回ルートは、ライドホバーや損傷している魔導機でも進み易い、東の山を回り込んで行く道を選択した。

損傷しているテミラの魔導機の足に合わせて進んでいたので時間はかかるが、戦場を大きく迂回していることもあり、敵と遭遇することもなく順調に進む。

しかし、本日中に合流するのは時間的に無理そうなのと、増援部隊との戦いでみんな疲れていることもあり、移動中に見つけた大きな洞穴で身を隠して一休みすることになった。

「豪勢だな。どうしたんだ、この肉？」

洞穴内は天井が高く、洞穴奥へと空気の流れもあって外に煙が漏れないことから、火を起こして大きな肉の塊を焼いていた。

「エモウの人たちが森で獲《と》ってきたのよ」

エミナがそう教えてくれる。

「それは凄いな」

「元々、我々エモウの民は狩猟民族ですので、これくらいは朝飯前です。さあ、勇太さん。遠慮せずたくさん食べてください」

「ありがとう」

俺は礼を言って取り分けられた肉にかぶりついた。捌いたばっかりだからか、少し野性味のある臭みはあるが、ジューシーでかなり美味《うま》い。

エモウの人たちからは酒も勧められたがそれは丁重にお断りした。エモウ人は戦場でも酒を飲むことが普通だそうで、敵が攻めてきたらどうするのだと思うほど豪快に呷《あお》っている。

一方、テミラの人は真逆で、勤務中だということで酒を一切《いっさい》口にしようとはしなかった。

お国柄というやつだな、近くの国同士なのにここまで文化で違いが出るんだと感心する。

「ラネルはお酒は飲まないのか？」

俺はアムリアの人はどうかと気になったのでそう聞いた。ラネルは急に俺に話しかけられて驚いたのか少しオドオドしながら答える。

「えっ、えっと……普段は少し飲むけど、今は戦場だから遠慮してます。でも……この戦いが終わったら……えっと、勇太さんと一緒に祝杯をあげられたらいいかなと思ってる」

俺は酒が好きじゃないと言いたかったけど、多分、お酒云々は関係なく、一緒に頑張ってこの戦いに勝利しようという意味だろう。

俺は彼女の言葉を尊重してこう返事した。

「そうだな、一緒に祝杯をあげよう」

そう言うと、ラネルはなぜか顔を真っ赤にして俯《うつむ》いた。

あの大きな肉の塊は、肉好きのナナミの活躍もあり全て平らげられた。

お腹も膨れたし、あとは体を休めるために少し仮眠をとる——

どれくらい寝たか——

妙な気配を感じて飛び起きた。

見ると、ラネルが俺の顔を覗《のぞ》き込《こ》むように立っていた。

「あっ、ごめんなさい。起こしてしまって……」

「いや、大丈夫。もう起きないといけない時間だし……それより何かあったのか？」

「実はバルハ高原にいる姉から連絡があって。至急、エモウ軍に確認して欲しいことができてしまいまして……」

切羽詰まったようなラネルの表情を見ると、急ぎだというのがわかる。

「わかった。俺の『アルレオ』で通信しよう」

『アルレオ』に乗り込むと、【フガク】との通信を開いた。

「こちら勇太。ジャン、いるか？」

「おっ、勇太か。増援部隊の件ご苦労だったな」

「それはいいんだけど、ラネルから話があるそうだ」

「アムリア王国のラネルです。すみません。エモウ軍の戦況はどのような感じでしょうか……実はバルハ高原での戦いがかなり危険な状況で、できれば救援をお願いしたいと……」

「なるほど。こっちは優勢も優勢、今日中にはカタがつくと思うぜ。救援要請は了解した。だけどエモウ軍全軍を向かわせるのはまだ時間がかかるから、急ぎなんだったら先に勇太を向かわせよう」

ジャンは俺の許可なしに簡単にそう決断する。確かに緊急であるのなら俺一人で先に行った方が早いのは間違いないので賛成する。

「そうだな。わかった。そっちに戻っても活躍する場はなくなってそうだから、俺は先にそのバルハ高原に向かうことにするよ」

「勇太さん一人にそんな……わっ、私も一緒に！」

「いや、急ぎなら俺一人で行った方が早い。ラネルはエミナやエモウ軍と一緒にきてくれ」

「だけど……」

「いいから任せて。早く行ってラネルの仲間を助けないとな」

俺一人と他に人がいるのでは移動速度が三倍は違う。なぜか一緒に行きたがるラネルを説得すると、すぐにバルハ高原に向かう準備をした。

◆

丘上の砦に援軍がやってきたのを確認したからか敵の攻撃が激しさを増して再開される。

五隻のライドキャリアを先頭に、敵の大部隊が迫ってきていた。

「バリスタ全門発射準備急げ！」

砦を守るテミラ軍の隊長が声をあげる。砦内は迫りくる敵軍に対応するために慌ただしく動いていた。

私たちアムリア軍も敵を迎え撃つために準備を進める。

「そっちのライドキャリアを砦の側面につけて城壁を厚くして！　第一魔導機隊は砦の防衛を、第二魔導機隊は正門前で敵を迎え撃ちます！」

ユキハの指示に従い、みんな持ち場についた。私はジードとデルファンと一緒に砦正門前で敵を待ち構える。

今まで見たことがないような大軍の行軍に正直少し恐怖を感じていた。

「ざっと見ても三百機はいるわね。こちらは八十機……厳しい戦いになるのは間違いないわね」

「ふっ、数だけだろ。兵の質と士気の高さではこちらが上だ」

ジードが強がりなのか、見えない優位を訴える。

敵のライドキャリアからバリスタの矢が打ち出され、それが戦いの合図となった。

敵先鋒のライドキャリアとライドキャリアの間から、敵の魔導機がワラワラと溢れ出てくる。敵機は我先にと競い合うように砦に迫ってきた。

砦の正門を破壊するべく敵の部隊が駆け寄ってくる。

それを迎え撃つべく、砦からはバリスタと魔導機の構えるアローから一斉に矢が放たれた。

矢によって敵機が次々と串刺しになって倒れていく。

しかし、敵の数が多く、矢を掻《か》い潜《くぐ》って正門前までくる敵機も少なくなかった。

正門前でその敵機たちと激しい乱戦へと突入する。

大きな斧《おの》を振り回して攻撃した敵機を太刀で斬り伏せ、さらに走って近づいてくる敵の頭部を切り飛ばした。

私は自分に迫ってくる敵機を斬り伏せながら、仲間を攻撃する敵機も倒していく。敵を倒せばそれだけ味方が助かる。そう考えるといつもより攻撃的な精神状態になっていた。

私たちは雪崩《なだ》れ込《こ》んでくる敵機を次々に倒していき、正門前の戦況は有利に進められているように見えた。

しかし、そんな幻の優位は轟音《ごうおん》と共に掻き消される。

バチバチと放電する音を発しながら、丸い樽《たる》のような物が飛んできて砦の城壁に命中する。

すると爆弾が何かが落ちたような轟音が鳴り響き、設置されていたバリスタを巻き込んで城壁が吹き飛ばされる。

「い、今の攻撃は、なに！」

ユキハが未知の攻撃に驚き叫ぶ。

「敵のライドキャリアから飛んできてる。ルジャが用意した新兵器か!?」

ジードがそう見解を示すが、ユキハはそれを否定した。

「ルジャなんかにこんな兵器用意できないわよ。おそらくヴァルキア帝国から提供された物でしょう」

どこから出てきた兵器かわからないけど、この攻撃によって次々と味方のバリスタや砦の城壁が破壊されていることは揺るぎない事実であった。その攻撃により私たちは一気に窮地へと追い込まれていった。

「砦のバリスタは全壊！　城壁に展開してた魔導機隊の半数が大破！」

完全に防御力がなくなった砦へと敵の魔導機隊が迫ってくる。さっきまでは砦からの援護があったので優位に戦えていたが、それがなくなれば数で劣る私たちにそれを防ぐ手立てはなかった。

「正門前の部隊は砦内に撤退して！」

ユキハに言われるまでもなく、大軍に押し込まれるように私たちは砦内へと逃げ込んだ。

「正門を守れ！　中に雪崩れ込まれたら一溜まりもないぞ！」

正門前で半円に陣形を組んで中に突入してくる敵機を必死に防ぐ。だけど、その必死の抵抗も虚《むな》しく状況は悪化する一方であった。

「ライドキャリアが燃えている……」

砦の側面に配置したライドキャリアから火の手が上がる。さらに大きな爆発音が響き、ライドキャリアごと城壁が破壊されるのが見えた。

「大変！　側面の城壁が破られたら……」

ユキハの懸念は現実のものとなる。一際大きな轟音と同時に側面の壁が吹き飛んだ――壁に大きな穴が開き、そこから敵魔導機が雪崩れ込んできた。

ゾロゾロと砦内へと進入してくる敵の魔導機の数を見て背中に妙な汗が流れる。自らを害される不安より、仲間が危険にさらされる恐怖の方が大きかった。

「全軍、中央の砦本部まで下がって！」

すでにこの時、砦の指揮をしていたテミラの司令官は戦死したのか指揮不能になっていた。代わりにテミラ兵も含めてユキハが指示を出す。

砦本部は大きな石造りの強固な建物で、そこに詰め込むように味方が逃げ込む。

私は本部入り口で、必死に敵の侵入を防いでいた。

すでにこの時、動ける味方の魔導機は三十機ほどまで減らされていた。それに対して砦に進入してきた敵機は百機以上と圧倒的に不利な状況に陥っていた。

このままではみんなが……私が踏ん張らないと。

私は意識を集中する——

早急に意識の奥底の深層部分までダイブする。みんなを守る力！　敵を倒す力！　心の奥からそれを強引に引き出す。

集中している時にも、敵が待ってくれるわけもなく容赦ない攻撃が繰り出される。私はその攻撃に対して無意識に『ラスベラ』を動かしていた。攻撃を避け、敵の攻撃の力を利用して敵機を粉砕する。ユラユラと不規則に動きながら迫りくる敵機をなぎ倒していた。

意識が半分ない状態で私は戦っていた。私の周りには無数の敵機の残骸が転がる。しかし、そんな集中状態を解除されるような叫び声が聞こえてきた。

「きゃっ！」

見るとユキハの『エウアール』が敵の槍に串刺しにされていた——

心臓が止まるほどの衝撃で心を鷲掴《わしづか》みにされる。

「ユキハ！」

私は慌てて『エウアール』に駆け寄り、周りにいる敵機を太刀で斬り伏せた。そして『エウアール』を貫いている槍を引き抜いた。

「ユキハ、大丈夫!?」

「だ、大丈夫よ。コックピットは外れてるから……でも、エレメンタルラインが損傷したみたいでうまく動けない」

「わかった。ここは私が防ぐからユキハは後ろに下がってて」

「ごめん、渚……」

周りを見ると、すでに味方は十機ほどになっていた。ジードとデルファンも頑張っているけど、すでに機体はボロボロで、デルファンの『バシム』は片腕を失っていた。

私はみんな……全員を守るために砦本部の前で仁王立ちになった。

私が全ての敵を倒す！　そんな気持ちで太刀を構える。

敵が仁王立ちになった私に向かって殺到する——

ゆらり、くらりと動きながら攻撃を避けると、最小限の動作で敵機のウィークポイントを攻めて行動不能にしていく。

完全に破壊する必要はない。魔導機の機能を停止させるだけでいい。相手の力を利用して頭部や腕、足を破壊して戦闘不能にする。

二十機ほど敵機を倒すと、敵軍の動きがザワザワと変化する。私を囲むように威圧していた敵の魔導機がゆっくりと後ろに下がっていった。

撤退するのかな？　だと助かるんだけど……。

しかし、そんな期待は見事に打ち砕かれる。

後ろに引いた敵機の代わりに、何やら特殊なカラーリングの一団が前に出てきた。

同じタイプの魔導機だけど、全て色が違う。

どういった連中なのだろうかと思っていると、震える声でユキハが伝える。

「ダメ！　渚、あの一団とは戦ってはダメよ！　あの黒い翼のエンブレムはヴァルキアの『闇翼』

のマークよ！　戦ったら殺されるわ！」

「闇翼……」

「全員がハイランダー以上の精鋭部隊よ。ハーフレーダーのあなたでは歯が立たない！　もう、降伏しましょう。さすがに勝ち目はないわ」

「降伏したらどうなるの？」

「そ、それは考えなくていいのよ。降伏すればみんな命は助かるから」

「ユキハ！　みんなは助かるとして、降伏したらあなたはどうなるの！」

ユキハの口調に違和感があったのでそう問い詰めた。

「ヴァルキアやルジャの今までのやり口から考えると、指揮官であり王族である私はおそらく処刑される……だけど、それはいいの、みんなが助かるなら私の命はどうでもいいのよ」

ユキハが殺されるのなら降伏なんて絶対にダメだ。私はゆっくりこちらに近づいてくる闇翼に向かって太刀を構えた。

闇翼の魔導機は二十機ほど、私を取り囲むように近づいてくる。

囲まれないようにゆっくり『ラスベラ』の位置を調整して敵の攻撃に備える。

左右から二機の敵機が同時に攻撃してきた。その攻撃スピードは今まで見たこともないくらいに早い。

咄嗟《とっさ》にしゃがんでその攻撃を避ける。すぐにカウンターで太刀を振って攻撃をしようとしたが、前方からきた別の敵機が長い槍で突き刺してきた。

鋭く、素早い突き攻撃に、反撃を取りやめ前転で避ける。

転がった先には新たな二機の敵機が待ち構えていた。

大きな剣と長い棒の先に斧が取り付けられた武器で、地面を抉《えぐ》るような攻撃が『ラスベラ』に襲いかかってくる。

素早く体を捻りなんとかその攻撃も避けた。

あまりにも全ての攻撃が早く、いつものように反撃ができない。このまま攻撃を受け続けていては勝算はないだろう。そう考えた私は、少し無理してでも攻撃に転じることにした。

右から円月形の刀で切り掛かってきた敵機に対して、逆に一歩踏み出し接近した。

そして太刀を突き出し胸を突いた。いつものように太刀が敵機を貫く感覚でいたが、ボディーの強度があるのか、ギギギッと嫌な音を響かせて太刀は横滑りする。

私は諦めず、太刀を一度引いて、今度はもっと力を入れて太刀を敵機の首元に叩きつけた。

太刀は敵機の首元に深く刺さったが、そのまま太刀が抜けなくなる。敵機は太刀を首元に残したまま地面に崩れ落ちた。

太刀と引き換えにようやく一機倒したが、休む暇などない。

今度は三方向からの同時攻撃が襲いかかってきた。前方の敵機の攻撃を体を入れ替えるようにしていなすと、右腕を取り相手の力を利用して地面に引きずり倒す。

倒した敵機を盾にするようにして残りの二機の攻撃も防いだ。

しかし、その瞬間、左肩辺りに衝撃が走る。

三機の攻撃を防ぐタイミングを見計らっていたのか、後方から槍の一撃を受けていた。左肩の部品が弾け飛びプシュプシュと嫌な音がしていた。

私は体を半回転させて槍で攻撃してきた敵機に近づくと、その敵機の足をお尻の方から抱えあげるように持ち上げ、『ラスベラ』の体全部を使って足を捻りあげた。

バキバキバキと乾いた音がして、敵機の足はボロボロに砕かれる。

だけど、その敵機は足を砕かれながら『ラスベラ』を両腕でしっかりと捕まえる。

動きを封じられた『ラスベラ』に、四方向から容赦ない攻撃が襲いかかってくる。

私はしがみ付いているボロボロの敵機の足をさらに捻り、捕まえている敵機と体を入れ替えた。

鉄と鉄が擦り合わせたような高い音が無数に響き、私の盾となった敵機は無残な残骸へと変えられる。

なんとか攻撃を防いだが、『ラスベラ』も無傷ではなかった。

頭部の一部が抉られ、腰の装甲がはぎ取られている。

さらに状況も良くなっているわけではなく、私を囲んでいる四機は武器を振り上げ、次の攻撃を繰り出そうとしていた。

「渚！」

ユキハの叫び声と同時に、取り囲んでいた四機の敵機が攻撃を止めて別の何かを見た。

私も彼らの視線の方を見る。

するとボロボロの状態の『エウアール』が私を助けようと走り寄ってきていた。

ジードの『イダンテ』とデルファンの『バシム』もそれに続いて駆け寄ってきていた。

私の周りにいる四機とは別の敵機が面倒臭そうにユキハたちに近づくと、軽く剣を振って頭部を飛ばした。

ユキハたち三人の魔導機の頭部が吹き飛ばされる衝撃の光景を見て、視界が真っ暗になる――

意識が少しなくなったのか、次に私が見たのは両脇を敵機に抱えられ拘束されている自分の姿であった。さらに私の前には大きな剣を持っている魔導機が立っていた。

何かの合図とともに、大きな剣が振り下ろされる。『ラスベラ』の右腕が切り飛ばされるのをはっきりと感じた。

さらに強引に立ち上がらされて、右腕を切り飛ばした敵機の前につき出される。

剣を構えた敵機は、容赦なくその刃を振り下ろした。

今度は左腕が切り飛ばされた。

どうやら敵は私をなぶり殺しにする気のようだ。たった二機でも仲間をやられたのに腹が立ったのだろう。

両腕を失い何も抵抗ができない。

絶対的ピンチの時……。

私は無意識に大好きな幼馴染みのことを思い出していた――

近所のいじめっ子。幼い頃より合気道を習っている私の敵ではなく、他の子をいじめているのを見つけたら、コテンパンにこらしめていた。

いつものようにいじめっ子が他の子のおもちゃを取り上げていじめている。私は迷わず助けに入ったのだけど、不運なことにその日はいじめっ子の年長の兄が一緒だった。

歳が離れた男の子を相手に、私は逆に倒される。

そして何度もその拳で顔を殴られた。

強気で負けん気の強かった私は泣くことはなかったけど、それが逆に相手を怒らせることになった。女のクセにとか、早く泣けよと罵られないがら殴られ続ける。

みんな後で怖い目にあうのが嫌なのか見て見ぬフリをして助けるものはいなかった。

一人を除いては……。

勇太は私の名前を叫びながら、馬乗りになるいじめっ子の兄に体当たりをした。

そしてなぜか泣きながら力ない腕で必死に掴みかかり、腕に噛みついた。

いじめっ子の兄は私たちより年上だけど、まだまだ子供だ。噛みつかれたのが余程痛かったのか、最後には、え〜んえ〜ん、と大声で泣き出した。

勇太はよほど怖かったのか、引きつった泣き顔で「渚、大丈夫か？」と言ってくれた――

それからも私がピンチになると必ず勇太は現れた。

必ず助けて欲しい時には私を救ってくれる――

今もそんな時なんだけどな……だけど流石に今回ばかりは無理だろう。

私はすでに諦めていた。

ふと見ると、最後の一撃だろうか、敵は大きく剣を振りかぶっていた。

両手を失って抵抗できない『ラスベラ』に、とどめの一撃を振り下ろそうとしていた。

もう避ける気力もない……ごめん、みんな……。

ごめん、勇太……私、ここで死んじゃうみたい……。


――諦めんな！　――


心のどこからか勇太の声が聞こえた。一瞬で私の意識は覚醒する。無意識にその声に従っていた。

私は最後の力を振り絞り、体を捻って、とどめの一撃を避けた。

「馬鹿野郎！　避けられただろうが、ちゃんと摑まえてろよ！」

剣を振り下ろした魔導機からそう注意され、左右にいた魔導機が『ラスベラ』を押さえつけて動けなくする。

もう避けることもできないよ……。

敵は、もう一度仕切り直しするように剣を振りあげた。

「仲間をやられた恨みだ！　死ね！」

そう言って剣が振り下ろされる。

「勇太、助けて！」

届かないのはわかっていている。だけど私は声に出して叫んでいた。

——振り下ろされるであろう剣の衝撃をギュッと目を閉じて待っていた。だけど、いつまでもその衝撃を感じなかった。死ぬってこんな感じだろうか、そんなふうに思いながら、ゆっくりと閉じた目を開いた。

最初に目に入ったのは、剣を振り下ろした魔導機の無残な姿だった。

頭部がなくなり、剣を持っていた腕も失っている。

一瞬、何が起こったのかわからなかった。だけど、私を掴まえていた左右の敵機が人形のように吹き飛び、真っ二つに切り裂かれ、初めて知らない魔導機が私を助けてくれたことに気がついた。

その魔導機は白く美しく、そして強かった——

あの強い闇翼が、子供でも相手にしているように圧倒されている。

そんな白い魔導機に、幼少の頃の勇太が重なる——

あんなに強くなかったけど、なぜかどことなく動きが彼に似ているように見えた。

勇太が魔導機に乗って私を助けにきた。そう思いたい気持ちはあったけど、やはりそれは儚《はかな》い妄想だろう。

◆

「フェリ、急いでいるからなるべく移動中の戦闘は避けたい。適切なルートを教えてくれるか」

「了解しました。移動時間の短縮を最優先事項に設定いたします」

こうしてフェリがルートをナビしてくれたのだけど……。

いや、確かに急いでいるけど、移動させられている道は、道とは言えないような悪路ばかりで、崖なども平気で登らされた。

こんなの登れないと伝えると、マスターと『アルレオ』なら可能ですと涼しい声で言われる。

なんとかフェリの無理難題のルート選択を乗り越えて、目的地であるバルハ高原へ到着したのは出発してから半日ほど経過した頃であった。


バルハ高原では広範囲にわたって激しい戦いが繰り広げられていた。それを見てまだ味方が健在だとわかって少し安心する。

「フェリ、味方の識別は大丈夫か?」

「はい。テミラ、アムリアのビーコン水晶は解析済みです」

「よし。それじゃ、味方を助けて回るぞ」

アサルトウェポンをマインゴーシュとエストックの元の状態に戻し戦場へと突撃した。

「右三十度、味方機劣勢です」

フェリのナビに従い窮地の味方を助けて回る。敵の数が多いのでなるべく一機に手数をかけないように、一機一撃を心がけてエストックとマインゴーシュで撃破していく。

五十機ほど敵機を倒した頃合いに、フェリから提案される。

「マスター。丘上の砦が味方のものだと思われますが、敵に制圧されそうです。この戦いの要所だと思われるポイントですので、制圧阻止を推奨いたします」

見ると、丘の上に敵の大軍に囲まれた砦が見えた。

「あっ、あの砦か、わかった。大事な場所ならすぐに助けよう」

走って丘を駆け上がり砦に近づくと、敵が『アルレオ』の存在に気がつきワラワラと殺到してくる。その数はざっと数えて百機近く、俺はその集団に突撃した。

回転しながらエストックで突き攻撃を連続で繰り出す。周りは敵だらけだ。適当に突いても命中する。左手に持ったマインゴーシュで敵の攻撃をいなしながら、エストックの突き攻撃で敵を撃破しながら砦に近づく。

城壁の近くまでくると、ゾワッと何か妙な不安感が襲いかかってきた。

なんだこの感覚……前にも感じたことある……どこだったか……。

なんの感覚かわからなかったが、俺はすぐに砦の中に入らないといけないと感じていた。あの中に大事な何かがあるような気がしてならない。

「フェリ、『アルレオ』であの城壁を飛び越えれるか？」

「残念ですが『アルレオ』の跳躍力でも五メートルほど飛距離が足りません」

「そうか、五メートル足らないか……それなら！」

俺は敵機の一体を踏み台にして高くジャンプした。魔導機の体長は十メートルほど。これなら十分届く！

踏み台にされた敵機はペシャンコに踏み潰されたが、その犠牲のおかげか城壁の上に飛び移ることができた。

そこから砦の中を見ると、多数の敵機に囲まれた魔導機が無残にも腕を切り落とされた場面だった。それを見た瞬間、一気に大量の不快感が俺の心を侵食する。

強烈な怒りの衝動が俺を掻き立てる。助けなきゃ……なぜか強くそう思った。

城壁から飛び降り、一目散でそこに近づき、剣を振り下ろそうとしていた敵機の両腕をエストックで叩き飛ばす。

そして同時にマインゴーシュで首も飛ばした。

両腕を失った魔導機を拘束している二体の魔導機にも怒りをぶつける。

前蹴りで一体を破壊し、もう一体は突き武器であるエストックで強引に上下に真っ二つに両断した。

なぜこんなに怒っているんだ俺は？　理由はわからないけど、無性に腹を立てていた。

俺の登場が急すぎて唖然《あぜん》としていた周りの敵が、ようやく反応する。

二十機ほどの敵が一斉に俺に斬り掛かってきた。怒りの感情が残っている俺は激しくそれを迎え撃つ。

最初に剣で攻撃してきた敵機の頭部をエストックで貫き潰す。

横から斧で水平に殴りかかってきた敵の攻撃を避けると、接近してマインゴーシュで首を斬り飛ばし、前からきた魔導機の腹部を蹴り潰す。

どうやら俺は無意識のうちにルーディア集中に入っていたようで、全ての動きが素早く力強かった。

まるで大きな藁人形《わらにんぎょう》と戦っているかのように敵機が軽く感じる。

向かってくる敵を倒しているだけであったが、気がつけば、近くにいる敵は派手な明るい黄色の機体の一機だけになっていた。

最後に残ったそいつは攻撃しようか逃亡しようか迷っているのか、挙動不審にウロウロしていた。

俺がその敵機にゆっくり近づくと、砦の入り口の方へと走って逃げていった。

周りを見渡し状況を確認する。どうやら砦内の敵は一掃できたみたいだ。

次は砦の外にいる敵を片付けるために外に出ることにした。去り際に味方に外部出力音で声をかける。

「そこの両腕を失った魔導機。大丈夫か？」

魔導機から返事がない。怪我して動けないのか心配になったが、少しの間の後、返事があった。

「……だ……大丈夫です……」

「そうか。俺は外の敵を倒しに行くから動ける魔導機で入り口を防御してくれ。一機も砦には近づけさせないように叩くけど、もしかしたら撃ち漏らすかもしれないからな」

動ける魔導機と言ってもざっと見て一桁くらいしかいなそうではあった。だけど、そのくらいいれば、なんとか入り口を守るくらいはできるだろう。

俺はすぐに外の敵を片付けるために外に向かった。

——勇太！——

不意に後ろから誰かに名前を呼ばれたような気がした。振り向いて確認するが、さっきと何も変化はない。どうやら気のせいのようだ。

そういえばさっきの魔導機のライダーの声、渚の声に似ていたな……。

だからか、あいつに呼ばれたような気がしたのかもしれない。

砦の外の敵は何やら混乱しているようだ。敵は俺の登場にどうして良いのかわからないのか、ただその場で待機していた。『アルレオ』が現れたのに気がつくと、なんとも歯切れの悪い感じでバラバラにこちらへ向かってくる。数が多いので統率された行動をされると厄介なのだが、何か事情があるのか指揮系統が弱っているみたいだ。

指揮が戻るのを待つ義理もないので俺は倒し易いうちに敵を殲滅することにした。

敵の数は数百機はいる。こんな時『ヴィクトゥルフ』だったら『ヴィクトゥルフ・ノヴァ』の一発で終わるので楽なのだが、今はそんな大量破壊兵器はない。

仕方ないがチマチマ倒すしかない。

そう思って長期戦を覚悟していたのだけど、フェリが予想外の提案をしてきた。

「マスター。戦術エリア内には、敵機が多く味方機がいません。この状況を考慮すると、無双モードでの殲滅が最適だと進言いたします」

「無双モードとはなんだ？」

「ルーディア集中時にだけ使用できるスペシャルモードです。気力、体力を最大消費いたしますが、敵殲滅効率が七百％以上アップします」

「なるほど、むちゃくちゃ疲れるけど早く敵を倒せるってことだな。確かに今、必要なのはそういうものかもしれない。よし。それじゃ、やり方を教えてくれ」

「はい。まずはマインゴーシュを『アルレオ』の右肩の後ろにあるソケットに挿入してエストックを背中の部位に差し込んでください」

「肩の後ろにあるソケット？　なんだよ、ラフシャルの奴……『アルレオ』にいつのまにそんな仕掛けつけたんだ」

ブツブツ文句を言いながらもフェリの言う通りにした。

「無双モードへの承認は音声入力になっています。『ヒロイック・ブースト』と大きな声で叫んでください」

「たくっ……ヒロイック・ブースト！」

なんだよ、それっ？　と思いながらも言われるままに叫んだ。

「英雄強化《ヒロイック・ブースト》が認証されました。無双モードへ移行します。ルーディアコア、アクセス――スペル『スピード・アップ』詠唱開始――スペル『パワー・アップ』詠唱開始――スペル『オーラ・ブースト』詠唱開始――スペル『シャイン・フィスト』詠唱開始――全スペル展開します」

フェリがそう言うと、シャキシャキッと音がして、何やら微妙に『アルレオ』の形態が変化する。

そしていつものルーディア集中の時より激しい黄金のオーラが『アルレオ』を包み込む。

「よし、なんか強そうだぞ。だけど、これって武器しまっちゃったけど、どうやって戦うんだ？」

「無双モード中は両腕が強力な武装となっています」

フェリが言うので両腕を見ると、拳が凄い光で輝いている。

なるほど、こいつで殴れば良いのか。まあ、とりあえず戦ってみよう、そう思って近づいてきていた敵機に、こちらから向かった。

グンッと強い重力を感じて、一瞬のうちに敵に接近する。

試しに敵機の頭部を光る拳で殴ってみた。

すると頭部は消し飛び、インパクト時の衝撃波の影響か、機体全部にダメージが伝わったようで、肩や胴体などの部品が弾けるように吹き飛んだ。

これって、直接当てなくても衝撃波だけでもかなり威力があるぞ。これなら衝撃波で攻撃するだけでも効果があるんじゃなかろうか？

そう思い俺は直接殴るのではなく、手を振るように敵機を攻撃した。

ブオンと重い風の音が鳴り、目の前にいた複数の敵機の装甲がその一撃で剝ぎ飛ばされる。さらに衝撃波の威力は収まることはなく、機体をバラバラに分解しながら吹き飛ばした。

◆

最後に残った闇翼の魔導機が、砦の外へと逃げていく。

助けてくれた白い魔導機が話しかけてきた。

「そこの両腕を失った魔導機、大丈夫か？」

私の妄想は現実の五感をも狂わせる。白い魔導機のライダーの声が勇太の声に聞こえてしまった。

自分の妄想が作り出した勇太の声に一瞬、思考が止まったが、気持ちを切り替えて返事をした。

「……だ……大丈夫です……」

「そうか。俺は外の敵を倒しに行くから、動ける魔導機で入り口を防御してくれ。一機も砦には近づけさせないように叩くけど、もしかしたら撃ち漏らすかもしれないからな」

そう言って白い魔導機は砦の外へと向かっていった。その後ろ姿を見ていると、一緒に学校へ登校する勇太の姿と重なる――

歩き方の微妙な癖なんかも勇太に見えてくる……。

私は思わず叫んでいた。

「勇太！」

白い魔導機が振り返る――

嘘、本当に勇太なの？　だけど、さっき返事をした後、すぐに外部出力音を切っていたので外に声が聞こえるはずがない……おそらくただの偶然だろう。

私は両腕を失って、もう戦えなくなった『ラスベラ』から降りた。ユキハたちも魔導機から降りて、白い魔導機の言うように、動ける魔導機に砦の守りを固める指示を出していた。

「渚、外の様子を見に行きましょう」

ユキハにそう誘われる。

やはり私は妙にあの白い魔導機が気になっていた。

外で戦っているだろうあの魔導機が見たい……そんな不純な動機でユキハの提案に同意する。

ユキハたちと砦の周辺を一望できる高台に上ると、すぐに白い魔導機を探した。

「なんだ、あれは!?　あの白いのは化け物か！」

ジードが白い魔導機の戦いを見て心底驚いたようにそう呟く。

デルファンも同意して激しく頷いている。

「単機で闇翼を叩き潰し、数百の魔導機の軍勢を圧倒する。あの白い魔導機は何者なの……私たちを助けてくれたってことはエモウ軍の魔導機だと思うけど、あれほどの戦力なら、いやでも耳に入ってきそうだけど聞いたこともないわ」

ユキハも常識離れした白い魔導機の戦いに感嘆の声をあげる。

みんなは驚異的な白い魔導機の戦闘力に目がいっていたが、私が気になっていたのはそんなことではなかった。

動作一つ一つの癖、それがどう見ても勇太にしか見えなかったのだ。

「ユキハ、ちょっとお願いがあるんだけど」

そう私が言うと、ユキハが怪訝《けげん》そうに私を見る。

「どうしたの、渚。そんなに神妙な顔して……まあ、何か知らないけど、私にできることなら言ってちょうだい」

「私を思いっきり引っ叩いて！」

想像もしなかったお願いにユキハは動揺している。

「何言ってるのよ、渚。そんなこと、できないわよ」

「いいから、早く私を叩いて！」

真剣にお願いするのが伝わったのか、ユキハはちょっと呆《あき》れたようにその願いを聞き入れた。

「もう……後で怒らないでよね」

そう言いながら手を横に構え一呼吸置くと、思いっきり私の頬をビンタした。

パシンと乾いた音とともに痛烈な痛みが走る。その痛みで精神をリセットする――

妄想を切り離して現実だけを見るように集中して、白い魔導機の動きを見直した。

合気道では短い時間の中で相手の動きの癖を読み取り、思考のパターンを考えて次の一手を繰り出したりする。その為に私は昔から人の動きや行動に敏感であった。

立ち合いの時の短い間に相手の癖を読み取ることをしていた人間が、普段の生活で当たり前のように一緒にいた人物の癖を見ていないわけがない。しかもその人物が大好きなら尚更である。

白い魔導機を見ていた私の視界がどんどん歪《ゆが》んでいく――

それは、見る以外の人の目に備わったもう一つの機能が自動的に発動したからである。

ポロポロと涙が溢れてくる――

それ以上に感情が心の奥から溢れてくる――

気持ちが昂《たかぶ》り、喜びが体を震わせる。

生きていた――

それだけで嬉しかった。妙なオークションから彼が心配で仕方なかった。もしかしたら現代日本では考えられないくらいに命の軽いこの世界で、大好きな彼が非常な洗礼を受けていなくなるんじゃないかと心が張り裂けそうなほど心配していた。

だけど、彼は生きていた。

今、私の前で戦っている――

右手を上げる時に、僅かに肩をピクッと震わせる癖は昔から直らない。

大きく踏み込む時、ちょっと顎を上げて上向きになる癖も直らない。

幼少からずっと一緒にいたんだ。人生の大半を一緒に過ごし、ずっと彼のことを考えていた。

私が彼を見間違えるわけがない。

あの、白い魔導機のライダーは勇太だ――

七章　共闘

無双モードの攻撃力は俺の想像を超えていた。腕の一振りで三、四機が吹き飛び、体当たりするだけで敵機は全損して地面に転がる。

だけど、無双モードの攻撃力の代償も想像以上に大きかった。気がつけば十分ほどの戦闘なのにもうすでに肩で息をしている。

「思ったより、疲れるな」

「敵軍の残有戦力は五割を切りました。マスターの残り体力で十分殲滅は可能です」

フェリは簡単に言うけど、残り五割ってことは、ここまでの戦闘と同じくらい疲れるってことだろ……いや、ちょっとそれは厳しいぞ。

かなり体力が心配になってきていたが、それより先に相手の方が限界を迎えていた。

敵は俺のあまりの無双ぶりに恐れをなしたのか、バラバラと逃げ出し始めたのだ。誰かが逃げ出すと、他の連中もつられるように我先にと逃げ始め、やがて全軍が撤退を始めた。

追いかけるのも嫌になるほど疲れていたので、俺はそれを見送る。

ちょっと息を整えるためにゆっくり深呼吸していると、ジャンから言霊箱に通信が入った。

「おう、勇太。そっちは大丈夫か」

「今し方、敵軍を撤退に追いやったとこだ」

「そうか、片付いたか。それはご苦労さん。そうなるとエモウ軍の向かう目的地を変更した方がいいかもしれないな」

「どういうことだ？　こっちにこないのか」

「いやな、さっきの戦いで捕虜にした敵兵から、ルジャ帝国の侵攻軍の本陣の場所がわかったんだよ。そいつを叩けばこの戦争は終わりそうだ。だから、今からそちらに向かうことにするわ」

「そうか、俺はどうすればいいんだ」

「そうだな、こっちと合流するならバルハ高原の北にある湖辺りまできてくれ。敵の本陣はそのさらに北にある」

「フェリ、この辺りの敵軍の動向はどんな感じだ」

「敵軍は全て撤退を始めています。どの敵兵も北に向かっているようですので、情報にある北の本陣と合流するのではないでしょうか」

「ならここに残っても仕方ないな。ジャン、わかった。北の湖で落ち合おう」

無双モードで北に向かうのは疲れそうなので解除する。

本当はあの砦で一休みさせて欲しいところだが、遅れるとジャンに何を言われるかわからないので、すぐに北へと向かうことにした。

だけど、北に向かおうとしたその瞬間、物凄い視線を砦から感じた。

なんとも懐かしいような心地よい視線……気になったので砦の方を見ると、大勢の人が砦からこちらを見ていた。

どうやら俺の戦いを見ていたようだ。とりあえずここから一度離れるとの意思表示で砦に向かって手を振った。

しかし、なんとも言えないあの心地よい視線の感覚はなんだったのか、砦に熱烈なファンでもできたかな。

北の湖に到着すると、すでにエモウ軍は到着して待っていた。

俺はかなり疲れていたのですぐに【フガク】へと帰艦する。

【フガク】には、うまくジャンたちと合流できたようでラネルも搭乗していた。

「勇太、お疲れのようだな。二時間ほどで敵の本陣に到着するからそれまで休んでろよ」

ジャンが疲れた俺の顔を見てそう言ってくれる。

「二時間か……まあ、とりあえず何か食って寝るわ」

「そうしろ、敵がどれくらい待ち構えてるかわからないからな」

食堂で簡単な食事を取っていると、ラネルがやってきて礼を言ってきた。

「勇太さん、私の仲間を助けていただきありがとうございます。さっき姉から通信があって、凄く感謝していました」

「いや、助けた時にはかなり損傷していたようだけど、大丈夫だったか？」

「はい。魔導機にライドキャリア、ほとんど損傷してしまいましたが、人的被害は軽微でしたので……」

「そうか、そりゃ良かったな」

話は終わったが、ラネルは俺の隣に座ってずっと飯を食っている姿を見ている。腹が減ってるなら何か食えばいいのに、遠慮してるのかな。

「そういえば、姉が勇太さんのこと凄く聞いてきたんですよ。どこの誰なんだって。それほど大活躍だったみたいですね」

ラネルは思い出したように話を振ってくる。

「活躍ってほどでもないよ。強敵もいなかったし」

「強敵がいなかったって……姉の話だとヴァルキアの闇翼がいたって話でしたけど」

「えっ、そうなの？　いや、どの部隊のことだろ」

それほど印象的な敵はいなかったので、本当にどの敵がその闇翼っていう敵だったのかわからなかった。

「闇翼はハイランダー以上のライダーで構成された部隊ですよ。それを難なく倒すって、勇太さんのルーディア値はいくつなんですか？」

「100万くらいかな」

「えっ!?」

ラネルは心底驚いているようだった。しかし、やはり本気で信じてはいなかったようで、笑いながら、またまた冗談ばっかりといった感じの反応を返された。

◆

砦から勇太が遠ざかるのを見送る。彼は昔から極端に鈍い。魔導機ごしに会っても私に気がつくわけがない。ここは直接会って、頬を引っ叩くくらいのことはする必要があるだろう。

「渚、あなたどうして泣いてるの……何かあったの？」

ユキハが私の泣き顔を見て心配そうにそう言う。

「ううん、なんでもないの。それより、ユキハ。至急、『ラスベラ』を修理して欲しいんだけど」

今、勇太のことを説明しても理解してもらえないだろう。それより私は魔導機で勇太を追いかけることを考えていた。

「そうね、また敵が戻ってくる可能性もあるし、メカニックを集めてすぐに『ラスベラ』を修理させましょう」

それからアムリアのメカニック、砦にいたテミラのメカニック総動員で『ラスベラ』を修理してくれた。本当はここを守るために急いで直してくれたんだと思うけど……私は後ろめたい気持ちを感じながらもユキハにお願いした。

「『ラスベラ』で白い魔導機を追いかけたいって!?　どうしたの？　渚、説明してもらえる？」

「確かめたいことがあるの、私にとってはすごく大事なことだから」

「さっき泣いてたのもそれに関係するのね。わかったわ、いってらっしゃい。幸い、この辺りの敵は全て撤退したのを確認できたし、しばらくは安全だと思うから」

「あっ、ありがとう、ユキハ！」

私が急いで『ラスベラ』に搭乗しようと走り出した時、ユキハに止められた。

「ちょっと待ちなさい、渚。あんた白い魔導機を追いかけるのはいいけど、どこ行けばいいかわかってるの？」

「えっ!?　と、とりあえず北に向かったから北に行こうとしてる」

「さっきラネルと通信で話をしたけど、エモウ軍はルジャの侵攻軍の本陣を攻撃する予定らしいわ。白い魔導機がエモウ軍所属ならそれに合流するんじゃないかしら。詳しい場所はアムリア軍のチャンネルでラネルに直接聞きなさい」

「うん、わかった。ユキハ、ありがとう」

「あと、『ラスベラ』で追いかけても時間がかかりすぎるでしょう。砦に魔導機を載せられるライドホバーがあったから、私の名前を出して貸してもらいなさい」

何かを感じ取ったのかユキハはお節介なくらいに私に協力してくれた。ユキハに礼を言って勇太を追いかけるために走り出した。

ユキハの名を出したら、ライドホバーはすぐに借りられた。

『ラスベラ』を載せると、ライドホバーの運転席に乗る。

操作は魔導機とさほど変わらない。操作球がひとつなのでちょっと感覚が変な感じだけど、すぐにそれにも慣れた。

ライドホバーは『ラスベラ』で歩いていくより格段に早い。ユキハの心遣いに感謝しながら、勇太のいる北へと向かった。

北にひたすら進むと湖が見えてきた。

もう近くにエモウ軍がいるはずである。私はアムリアのチャンネルでラネルとの通信を開いた。

「ラネル、聞こえる？　渚だけど、今、近くまできています。合流したいから、そちらの場所を教えて」

「あっ、渚、どうしたの？　ユキハから渚がこっちにきてるってさっき通信があったけど、本当に単独でくるなんて」

「ちょっと大事な用事ができてね。それより場所を教えて」

「あっ、今どこにいるの？」

「バルハ高原の北にある湖よ」

「それじゃ、もう近いわよ。そこから北に向かうと小高い丘があるから、エモウ軍は今、その丘の先にいるわ」

「了解、すぐに向かうね」

「もう少しでルジャの侵攻軍の本陣と戦闘になるから気をつけて」

「うん、わかった」

「あっ、渚――」

「なに、ラネル？」

「いや、今はいいかな、ちょっと渚に話したいことがあるけど、この戦いが終わった後の方がいいかも」

　ラネルは少し嬉しそうにそう言ってきた。

「そっか、何か良いことでもあったみたいね。話を聞くのを楽しみにしてるよ」

「良いことっていうか……嬉しいことではあるけどね」

顔の見えない通信でも、ラネルの笑顔が浮かぶ。どんな話かわからないけど、彼女が幸せな気持ちになっているのなら私も凄く嬉しく思う。

◆

一時間ほどの仮眠でジャンに起こされた。起きてすぐにルジャ帝国の侵攻軍との戦闘に駆り出される。ジャンは全軍に向けて戦いの準備のメッセージを伝えている。

「しばらくは小競り合いもしたくなくなるくらい、ルジャ帝国を徹底的に叩くぞ！　全軍、戦闘準備！」

やっぱり一時間の睡眠では全然足らない。眠い目を擦りながら格納庫へと向かった。

「勇太は中央から切り込んで敵軍を分断。リンネカルロは左翼敵軍の殲滅に。私とナナミは右翼敵軍の殲滅。エミナとアーサーはエモウ軍のサポート。ロルゴ、ファルマは【フガク】近くの防衛と他部隊のフォローをお願い」

アリュナの作戦の指示にみんな頷くと、各々自分の魔導機に乗り込む。俺も『アルレオ』に乗り込もうとしたのだけど、ラネルに呼び止められる。

「私も勇太さんと一緒に中央の分断に参加したいのですが……」

「いや、俺と一緒は流石に危ないから、ラネルはロルゴたちと【フガク】の防衛の手伝いをしてくれるか」

中央から切り込んでの敵軍の分断なんて自分で言うのもなんだけど、俺にしかできない無茶な作戦だから、そんなのに大事な王女さんを連れていくわけにはいかない。だから無難な役割をお願いした。

ラネルは納得していないようだが、渋々それを了承した。

敵軍は魔導機八百機ほどで数だけならこちらの四倍近くいる。それだけの戦力差があるためか、こちらと正面から戦う気のようで部隊を展開して迎え撃つ構えを見せた。

俺が中央に切り込むことで敵の戦力は分断される。そうすれば組織的攻撃力は弱まり、仲間に対しての危険度は大きく下がる。俺は誰より先に敵軍へと突撃した。

「勇太、無茶はしても無理はするなよ。ヤバそうだったら分断は断念していいから戻ってこい」

ジャンも俺の任務が無茶なことは理解しているようでそう言ってきた。

まあ、とりあえずは突撃して様子を見ることにする。

無双モードは体力の消費が激しいので今回は使わないことにした。数が多すぎるので体力がなくなった時はかなり危険なことになるのは想像できる。

俺はエストックとマインゴーシュを通常モードで使用して、敵機を撃破していった。

チラッと仲間の戦いを見たけど、ナナミやエミナのように無双鉄騎団の機体はラフシャルによって大幅にパワーアップされているようで派手な活躍を見せていた。

特にファルマの『ガルーダ』が装備している新アローは驚異的な力を見せつけている。

一回の弓を引く動作で十本ほどの矢が空を舞い、矢の一本一本が風の渦のようなものに包まれていて命中した敵機を粉砕していた。

アリュナの『ベルシーア』の双剣は炎を吹き出し、敵機を灼熱《しゃくねつ》の炎で攻撃している。

敵の機体が真っ赤に熱せられてドロドロになっているのがわかる。一体どれくらいの温度になっているのか……。

ロルゴの『ガネーシャ』は盾を構えて敵の攻撃を防いでいるだけのように見えるが、『ガネーシャ』の盾に攻撃を防がれた敵機が逆に破損して吹き飛ばされている。どんな能力なのかよくわからないけど、敵を圧倒しているのは間違いなかった。

アーサーの『セントール』は持つ武器が大きくなっているように見える。

妙にカッコつけて構えると、敵部隊に一直線に突撃している。突進力が前よりアップしているようで、しっかりと構えているランスに敵機が触れると、弾けるように飛ばされる。

リンネカルロの『オーディン』は前とあまり変わらず、驚異的な雷撃の範囲攻撃を連発している。

ラフシャルは『オーディン』にはなにも細工をしていないのかな？　それほど変化は見られなかった。

その後、特に脅威を感じる敵もなく敵軍の分断に成功する。陣形が崩れて二つに分かれ、敵の組織力が落ちたのがわかった。

陣形が崩れて劣勢を感じたのか、敵のライドキャリアから樽のようなものが大量に投げ出されてきた。

その樽は地面に落ちると大爆発を起こし、敵も味方も巻き込んで破壊する。

「なんだ、あの兵器は！　味方もお構いなしに破壊してやがるぞ！」

ジャンが怒ったようにそう叫ぶ。

敵の司令官は非道なのか馬鹿なのか乱戦で味方も巻き込む攻撃を繰り出してきた。

「勇太！　あの兵器を使ってるライドキャリアを潰せるか⁉　このままじゃこっちの被害も馬鹿にならねえ！」

「わかった。ちょっと行って黙らせてくる」

樽を打ち出しているライドキャリアは、敵軍の重要な艦なのか守りが厚かった。

多数の重量級の大型魔導機が守りを固めていて、近づくのも容易ではなさそうだ。

強くはないのだが、耐久力があり防御が固い厄介な敵機を倒して進んでいく。その進みは思ったより困難で、目的のライドキャリアまで到達するのにまだ時間がかかりそうだった。

このままでは味方の被害が拡大する……。

誰かに手伝いにきてもらうか……そう考えていた時、横から近づいてきた敵機が妙な体勢で投げ飛ばされた。

俺はすぐに投げ飛ばした相手を見た。そこにいたのは、バルハ高原の砦で両腕を失っていたあの魔導機だった。

「あれ？　どうしてお前がここにいるんだ？　それに腕も修理したようだけど、あまり時間も経《た》ってないのに急いで直したのか？」

通信共有ができていないので言霊箱では話ができない。だから外部出力音でそう聞いたのだけど返事がなかった。

その代わりにその魔導機は、何かの意思を伝えるかのように敵機に向かっていった。

大型で力強い敵の魔導機に対して、細くてひ弱そうなその魔導機は素手で攻撃する。魔導機の関節を折ったり、頭部を捻って倒したり、どこからそんな力が出てくるんだと不思議に思うくらいギャップがある動きで、自分より大きな敵をバッタバッタと倒していく。それにしても、なんとも奇妙な戦い方だな……。

その時、妙な違和感を覚えた。あの魔導機に変な懐かしさみたいなものを感じたのだ。俺は思いに耽《ふ》けろうとしたのだが、敵がそんな悠長なことをさせてくれなかった。巨大な斧を振り回して、敵の一体が攻撃してきた。不意の攻撃を避けると、エストックで首、胸、腕の関節を連続で突き、その魔導機を撃破する。

そうだな、今はそんなことを考えている暇はない。早くあのライドキャリアを沈めないと。

俺は敵への攻撃に集中するように頭を切り替えた。そしてライドキャリアを守っている敵部隊に攻撃を開始した。

すると、それに呼応するようにあの味方の魔導機も動きを合わせてきた。

エストックで前の二機の敵機を突いて攻撃する。左から接近してきた敵機は、味方の魔導機が敵の腕を引いて振り回すようにして押し倒した。

その味方を後ろから攻撃しようとした敵機の首を、素早く後ろを振り返り、マインゴーシュで切り裂く。

間髪入れず二機の敵機が剣を振り上げて攻撃してくる。

一機は俺がエストックで貫き倒し、もう一機は味方の魔導機が日本刀のような細長の剣を引き抜いて斬り伏せた。

俺と味方の魔導機はお互いを見て頷くと、同時に敵部隊を睨みつける。

敵はこちらの気迫に押されたのかゆっくりと後退《あとずさ》りした。

どちらが合図を送るでもなく『アルレオ』と味方の魔導機は同時に動いた。そして、今日、初めて一緒に戦ったのが信じられないくらいに息の合った連携を繰り広げる。

敵の攻撃をマインゴーシュで受け止めると、味方機が刀でその敵機の首を斬り飛ばす。

味方機に斬りかかった敵機の腕を脇で押さえて倒すと、その敵の頭部をエストックで突き潰した。

俺は大きく踏み込んで前にいる敵機に蹴りを入れて倒す。別の敵機の横からの攻撃をマインゴーシュで受けて、エストックで反撃して突き倒した。

その両手が塞がれた瞬間を狙って敵機が攻撃してきたが、その敵の攻撃は味方機に弾かれ返す刀で斬り伏せられる。

なんだ、この安心感は……。

無双鉄騎団の仲間たちと一緒に戦っているような……いや、それ以上に俺の気持ちは落ち着き、戦闘中なのに安らぎすら感じていた。

そんな俺の気持ちを知っているのか知らないのか、味方の魔導機は俺が望むような動きを寸分狂わずしてくれる。

それには自分の体が二つになったような不思議な感覚すら感じていた。

ライドキャリアを守る敵部隊を一掃すると、俺たちはハッチを破って艦内に侵入した。

動力部のルーディアコアを破壊すれば、全ての機能が停止するはずだ。それを探した。

動力部は艦の中心下部にあった。すぐに丸い大きなコアをエストックで貫いて破壊する。

バシュッと音を立ててコアは簡単に弾け飛び壊れる。

ゴゴゴッ……と物凄い音が響いて、急激に静けさが訪れる。

どうやらライドキャリアの機能が停止したようだ。

外に出ると、敵艦からの攻撃は止《や》んでいた。どうやら上手くいったみたいだ。大事な艦を壊され、怒ったのか周辺にいた敵が襲いかかってきた。俺たちはそれを迎え撃つ。

戦いながら、ふと、自然な感じで味方機の戦いを冷静に真後ろから見る瞬間があった。

どこかで見た動き……。

俺は何度も、何度も、あの姿を見ている……。

だんだん、味方の魔導機の姿と、周りの風景が昔の記憶に置き換わっていく……。

そこは古びた道場、幼い頃から出入りしていた幼馴染みの実家……。

学校が休みの日に遊びに行っても、幼馴染みはいつも日課の稽古をさせられている。いつもその稽古が終わるのを道場の隅で眺めて待っていた。

味方の魔導機と、その時の幼馴染みの姿が完全に一致する。

俺は襲ってきた敵部隊の最後の一機を倒すと、味方機に近づいた。

頭で理解したわけではない。ほとんど条件反射的にこう聞いていた。

「お前、渚か？」

そう言うと、味方機は動きを止めた。

◆

私が到着した頃にはすでに戦いは始まっていた。

エモウ軍の方が圧倒的に少数で不利に見えるけど大丈夫だろうか。私も戦いに参加すべきなのかもしれないけど、今は勇太を探すことで頭がいっぱいになっていた。自然と戦場を見渡し白い魔導機を探していた。

広い戦場、一機の魔導機を探すのはかなり難しいと思っていた。

だけど、私には彼のいる場所が朧《おぼろ》げに見えた。視覚ではなく、感覚で彼を感じとった。

「あそこに勇太がいる……」

誰に伝えるわけもなく、私はそう呟いた。

戦場を走り、私は一直線で彼の元へ向かう。

途中、ルジャ軍に行手を阻まれるが、攻撃をいなし、敵機を飛び越え、無我夢中で進んだ。

敵軍の真っ只中で彼は一人で戦っていた――

大きな魔導機を相手に、その圧倒的な力を見せつけている。

ルーディア値2と言われた勇太が、そこまでのことをしていても不思議と疑問に思わなかった。

私は勇太を攻撃しようとしていた敵機を投げ飛ばした。ようやくそこで私の存在に気がついた彼がこう言ってきた。

「あれ？　どうしてお前がここにいるんだ？　それに腕も修理したようだけど、あまり時間も経ってないのに急いで直したのか？」

その言い回しに無性に腹が立った。

私は勇太だって気がついているのに、この男ときたら私だって微塵《みじん》も気がついてない。

どれだけの時間、一緒に過ごしたと思ってるのよ、この鈍感男が！

こうなったら勇太が気がつくまで黙っててやる。私は返事もせずに敵機に攻撃を仕掛けた。

昔から一緒に遊び、悪戯《いたずら》し、怒られ、なにをするのも一緒だった。

勇太のやろうとすることなんて考えなくてもわかる。そのためか私たちの連携は完璧だった。物凄い勢いで敵部隊を駆逐していく。

勇太の目的は敵のライドキャリアを破壊することだったようだ。敵部隊を倒すと、大きなライドキャリアの中へと侵入して内部からライドキャリアを停止させた。

目的を達成してライドキャリアから外に出ると、周辺の敵が襲いかかってきた。私たちはその敵を迎え撃つ。

それにしても、これだけ一緒に戦っても気がつかないものなんだろうか、やっぱり勇太の心の中の私の存在なんて小さなものなんだろう……。

そんなナーバスになった私の思考は、よくない想像を思い起こさせる。

もし……もし、相手が白雪さんだったら勇太は気がついたんじゃないだろうか……私だから、好きでもなんでもないただの幼馴染みだから気がつかないんじゃないのか……多分そうだ。私は勇太が大好きだけど、勇太には他に好きな人がいる……そうだよね、気がつくわけないよね……。

どんどん気持ちが落ち込んでいったその時、それを引き止めるような言葉が耳に届く。

「お前、渚か？」

勇太のその言葉を聞いた瞬間、涙が溢れてきた。嬉しかった。私に気がついてくれた。ただの幼馴染みでも勇太の心の中には私がいる。それを確認できただけで胸が熱くなる。

だけど、そんな気持ちを悟られるのが嫌だったのか、私は嬉しい気持ちとは裏腹な行動に出た。白い魔導機の頭部を、私の『ラスベラ』は引っ叩いていた。

そして外部出力音で大声で叫ぶ。

「気がつくのが遅い！　どれだけ鈍いのよ、バカ勇太！　幼馴染みがこれだけ近い距離にいるのに、私がどんな気持ちで一緒に戦っていたかわかる!?　わっ、私は――」

そこで私の言葉は遮られる。白い魔導機が『ラスベラ』を抱きしめてきたからだ。いや、そうじゃないか……勇太が私を抱きしめてくれたのだ。そして勇太はこう言ってくれた。

「よかった。本当に渚だ。無事で良かった～　心配してたんだぞ、渚！」

「ゆ……勇太……」

もうダメだ。涙が止まらなくなった。どうして好きでもない女の子を抱きしめたりするのよコイツは……勘違いするでしょうが……。

「しかし、渚。積もる話は後だ！　その前にこの戦いを終わらすぞ」

確かにここは戦場、悠長に再会を喜んでいる場合ではないけど、だったら抱きしめたりしないでよ。本当にデリカシーのない男だ。

「わっ、わかってるわよ。さっさと敵を倒しましょう」

強がりのようにそう言うのが精一杯だった。私は泣いているのを悟られないように、白い魔導機を突き放した。

そして、私たちを囲むように集まってきた敵に向けて戦いの態勢をとった。

◆

「気がつくのが遅い！　どれだけ鈍いのよ、バカ勇太！　幼馴染みがこれだけ近い距離にいるのに、私がどんな気持ちで一緒に戦っていたかわかる!?　わっ、私は——」

返ってきたのはあの幼馴染みの懐かしい口調だ。やっぱり渚だった。ジンと熱いものが胸に広がる。どうも怒られているようだったけど、そんなことよりこの熱くなった気持ちをどうにかしたくて、思わず魔導機同士なのに渚の機体を抱きしめてしまった。

「よかった。本当に渚だ。無事で良かった〜　心配してたんだぞ、渚！」

「ゆ……勇太……」

すぐに魔導機から降りて直接話がしたかった。だけど、今は戦争中なのを思い出し、考えを改める。

「しかし、渚。積もる話は後だ！　その前にこの戦いを終わらすぞ」

「わっ、わかってるわよ。さっさと敵を倒しましょう」

俺と渚は、背中合わせに戦いの態勢をとった。

近づいてきた敵機が両手剣で攻撃してくる。その攻撃をマインゴーシュで受け止め、相手をエストックで貫き倒す。さらに横から槍で攻撃してきた敵機の攻撃を避けると、踏み込んで相手の懐に入りマインゴーシュで首を飛ばした。

渚は、俺を横から攻撃しようとしていた敵の腕を取り、相手の力を利用して振り回して地面に叩きつける。さらに近づいてきた別の敵機に転がり近づくと、足を取り転ばして、そのまま関節を極《き》める。

人間が受ける関節技と違って痛いと言うことはないだろうが、遠慮する必要がない分、逆にその凶悪な攻撃性能を見せつける。渚はそのまま相手の腕が引きちぎれるまで極めると、最後は首を捻って行動不能にした。

道場では相手に怪我をさせないように動いていたのがよくわかる。

本気の渚は簡単に人を壊せるのだろう。

「勇太！　ちょっと見て！　あのライドキャリアの動きが変よ！」

渚が何かに気がついた。すぐに渚の見る方向を確認する。

見るとライドキャリアの後部が大きく開いているところだった。魔導機が出撃するくらいであれば、あれほど大袈裟に船体を変形させる必要はないだろう。いったい何が出てくるのかと思っていると、現れたのは巨大な蜘蛛《くも》の形をした魔導機であった。大きさだけならメルタリアで戦った巨大魔導機より、さらに一回り大きい。

「なんだよ、あれは……」

「どうやら敵の秘密兵器のようね。見て、周りの敵機が後ろにさがっていくよ。あれに任せておけば戦いに勝てると確信しているみたい」

「そうか。だったらあの蜘蛛を倒せばこの戦いは終わるな」

「その通りね。さっさと倒して終わらせましょう」

簡単にそういう結論になったが、敵の秘密兵器というくらいだからある程度強いだろう。油断大敵ということもあり、フェリに分析をお願いした。

「あれは複数人のライダーが搭乗するチェインタイプの魔導機のようです。チェインタイプの魔導機は、起動ルーディア値を分散して動かすことができますので、低ルーディア値のライダーでも高ルーディア値の魔導機を動かすことができます。あの大きさから推測すると搭乗するライダーは五人前後、最低でも数万くらいの起動ルーディア値の機体だと思われます」

数万か、それは油断できないな。

巨大魔導機は俺たちをロックオンしたようで、本物の蜘蛛のようにカサカサと器用に足を動かしてちらに近づいてきた。

「渚、あまり前に出るな！」

ルーディア値数万であの巨体だ。かなりのパワーが予想できる。心配になってそう声をかけるが、渚は怯《ひる》むことはなかった。

「大丈夫。このスピードなら対応できるから」

その言葉通り、蜘蛛の魔導機の足の攻撃をサッサと軽やかに避ける。本人は余裕のようだが、それを見ている俺はひやひやしていた。

しかし、蜘蛛の魔導機が渚に集中している今は攻撃のチャンスであるのは間違いない。俺はエストックにマインゴーシュをセットして武器をアサルトモードに変形させた。

スコープに蜘蛛の魔導機の頭部を捉える。そして引き金を引いた。光弾はまっすぐに蜘蛛の魔導機の頭部へ飛んでいき命中する。

しかし、巨体だけあり、装甲も分厚かった。

パシッと光弾は四散して、さしたるダメージも与えられなかったように見える。

アサルトモードではダメだ。接近して無双モードで戦った方がいいな。

俺はルーディア集中して無双モードに切り替えた。そしてすぐに蜘蛛の魔導機に走り寄る。

「渚、ちょっとどいてろ！」

無双モードの光る拳で、蜘蛛の魔導機の足を殴りつける。

ガンッと大きな音が響いて足が大きく曲がる。

しかし、蜘蛛の足は八本もある。一本が曲がったくらいでは、それほどダメージはないようだった。

「勇太！　足を攻撃しててもキリがないわ。私が引きつけておくから、蜘蛛によじ登って、上から攻撃して！」

渚の提案はもっともである。足を攻撃するより、胴体を狙った方が効果的だろう。

「よし、任せた！」

決断したらすぐ実行である。足元は渚に任せて、よじ登るルートを探る。

足は太くて凹凸部分も多い。よじ登ることもできそうだけど、動き回っているのでなかなか難しそうだ。

しかし、動き回る足の中で鈍いのが一本あった。俺がさっき殴って曲がった足である。

よし、あそこから登ろう。

「渚！　蜘蛛の前に出て引きつけてくれ！」

登ろうとする足は後ろ足だ。前に引きつければさらに動かなくなるだろう。

渚は俺の言う通り、蜘蛛の魔導機の前に出て注意を引く。その隙に曲がった足をよじ登っていく。

幸い、敵はこの動きに気がついてないようで妨害する動きは見られなかった。

上まで登り切ると首の後ろに移動した。そして後頭部を思いっきりぶっ叩いた。

頭部の攻撃は想定していないのか、足と比べて遥かに脆《もろ》かった。無双モードの光の拳でぶん殴ると、俺の想定より派手にぶっ壊れる。

しかし、頭部が大きく破損しても、蜘蛛の魔導機は止まることはなかった。今まで、首を飛ばした魔導機は動かなくなっていたので、ちょっと焦る。

「勇太、この魔導機は人型と大きく構造が違うようです。胴部中心部分にコア反応がありますので、そこを狙ってはどうでしょうか」

フェリのアドバイスに従い、胴体の真ん中を狙うことにする。

蜘蛛の胴体の中心に、円柱の突起部分を見つける。

丁度胴体の中心部分なので、あの奥にコアがあると思われる。

「勇太！　この蜘蛛、頭吹き飛んでから攻撃が激しくなったよ！」

どうやら頭部を破壊されて怒ったようだ。がむしゃらに攻撃しているのか、囮《おとり》になっている渚が猛攻にあっているようだ。急いで倒さないと渚のスタミナも無尽蔵ではない。いつかは命中するだろう。

とりあえず円柱をぶん殴る。コアを守る装甲だけあってかなり固い。少し凹《へこ》んだだけで破壊するところまではいかなかった。

諦めず何度も拳を叩きつける。十発くらい殴ったところで、円柱を吹き飛ばすことができた。

装甲を破壊すると、後は脆いものである。内部を壊しながら進み、コアが設置されている中枢まで辿り着いた。

後はコアを破壊するだけである。俺は思いっきりぶん殴った。バシュバシュと凄い音を発しながら、コアが粉々に砕け散る。

急激に周りが静かになっていく。どうやら蜘蛛の魔導機が停止したようだ。

「でっけえ蜘蛛がそっちにいるようだけど大丈夫か？　なんなら援軍を送るぞ」

タイミングが良いのか悪いのか、倒してすぐにジャンからそう通信がきた。

「いや、今倒したところだ。それより援軍ってそっちは大丈夫なのか？」

「こちらは、アリュナたちの頑張りでほぼ制圧完了しそうだ」

どうやら全体的な戦況もこちらに傾いているようだ。

八章

終戦

俺と渚で倒した蜘蛛の魔導機の存在は敵にとって思ったより大きかったようだ。戦意喪失する者や逃げ出す者も続出していた。

戦場全般で無双鉄騎団の活躍もあり、数的劣勢だった戦況はすでに完全にひっくり返っていた。

敵の残りは百機ほどで、徹底的に叩くと言ったジャンの指示により包囲殲滅できそうであった。

「一機も逃すな！　叩ける時に徹底的に叩き、戦争する気を完全に消失させろ！」

ジャンが全軍に最後の檄《げき》を飛ばす。確かに後々のことを考えたら、今のうちに少しでも戦力を叩いておくのは当然だろう。

ルジャ帝国軍は、残り二十機ほどになると、降伏の意思を示して武器を捨てた。いくら戦力を叩いておきたいと言っても、降伏した敵を倒すなんてことはしない。ライダーは全て魔導機から降ろし、ライドキャリアの搭乗員や歩兵たちと一緒に拘束して捕虜にした。

拘束した捕虜の中に、敵の将軍がいた。今回の侵攻軍の司令官だそうだ。

その将軍から今回の侵攻には、ルジャ帝国の八割の戦力が参加していたとの情報を得る。

侵攻軍のほとんどを潰したので、もうルジャ帝国には戦争する戦力は残っていないだろう。

ようやくちゃんと休めるな——そう思ったのだけど……。

「勇太、あなたのライドキャリアはどこ？　案内してよ」

そういえば幼馴染みとの感動の再会シーンが残っていた。休めるのはもう少し先になりそうだ。

渚を連れて【フガク】に戻る。

格納庫に入り、『アルレオ』から降りると、魔導機から降りた渚が駆け寄ってきた。

久しぶりに見た渚はちっとも変わってなかった。

あの渚が目の前にいる。そう思うとなんだか嬉しかった。

「勇太、全然、変わってないね」

「当たり前だ。久しぶりって言ったって、何十年も経ってるわけじゃないぞ」

「そりゃそうか……」

渚は何かを求めるように俺の目をジッと見る。この仕草は俺に何かして欲しい時にするやつだ。

「なんだよ、何して欲しいんだ？」

「いや、別にして欲しいわけじゃないけど、さっきみたいにギュッてこないのかと思って」

「ばっ、バカ！　生身でそんな恥ずかしいことできるわけないだろ」

「魔導機同士だって十分、恥ずかしかったわよ！　戦場であんなことして……バカじゃないの！」

「そもそもな、俺だって気づいてるなら、なんでさっさと言わねえんだよ！　もっと言うタイミングあっただろうが！」

「何言ってんの！　あまりにあんたが鈍いから、いつまで気がつかないか試してたんでしょう」

「なんだ、それ！　試す理由がわかんねえ！」

「ふんっ、理由なんてどうでもいいでしょ！」

渚は不機嫌にそっぽを向いて不貞腐《ふてくさ》れた。たくっ……本当に面倒臭い奴だな。俺は渚の望むように、そっと体を引き寄せて抱きしめてやった。

最初はビクッと硬直して驚いていた渚だけど、腕を俺の背中に回して抱き返してきた。やはり生身の体で触れることで、再会を実感できる。渚もそれを求めていたんだろうな。

仲間たちが次々戻ってきてお互いの労を労《ねぎら》う。

しかし、渚の存在に気がつくと……。

「勇太、その子は誰なんだい？　いやに親しい感じだけど……」

「ナナミ、見てたよ。勇太とその子がさっき抱き合ってたの！」

「勇太、どういうことですの!?　そんな不謹慎な……」

「いや、違うって。そんなんじゃないよ。コイツは幼馴染みの渚。久しぶりに会ったから感動の再会をしてただけだ」

「幼馴染み……そうでしたの？　なら大丈夫ですわね」

「どうして幼馴染みだと大丈夫なの？」

ナナミが不思議そうに聞く。

「あら、知りませんの？　幼馴染みとの恋愛はうまく成就しないものですのよ」

どういう理屈か、リンネカルロは自信満々にそう言い切った。まあ、確かに渚は大事な幼馴染みだけど、恋人になるとか考えたこともないかな。

「よし、片付いたみたいだから、テミラの聖都に向かうぞ」

戦争は終わりを迎えようとしていたが、ルジャ帝国がこの後どんな行動に出るかまだわからない。ヴァルキア帝国から至急の救援を受けて再度攻めてくる可能性も考えられるので、俺たちはまだエモウ王国に帰るわけにはいかなかった。

自室で休みたいと思っているのだが渚が俺を解放してくれない。確かに積もる話はあるけど、休んだ後でもいいと思うのだが……。

渚の怒濤《どとう》のように一方的な話を聞いていると、ラネルがこちらへやってきた。

そうか、渚はラネルの国でお世話になってるから面識があるんだな。渚はラネルの姿を見ると、彼女に俺を紹介する。

「あっ、ラネル。そうだ、紹介しておくね。こちら勇太、私の幼馴染みだよ」

ラネルは渚からそう言われて、ちょっと引きつった表情を見せる。

そうだよな、いまさら紹介も何も、すでに俺とラネルは知り合っている。

「いや、渚。もうラネルのことは知っているぞ。紹介しなくて大丈夫だ」

「あっ、そうか。もう知り合ってるんだ」

「渚……幼馴染みって……前に話をしていた人って勇太さんのことなの!?」

ラネルは神妙な表情でそう渚に聞く。

「えっ、あっ……うん……そうだよ。前に話をしたあの幼馴染み……」

なんとも歯切れの悪い感じで渚が認める。よくわからないけど、二人の会話の中に俺の話が出たことがあるようだ。

「そうなんだ……」

凄い勢いでラネルの表情が曇っていくのがわかった。渚の奴、俺のことラネルになんて話をしてたんだよ。もしかして、子供の頃の悪事を面白おかしく話したんじゃないだろうな。あまり大きな声で言えないこともやらかしてるから洒落《しゃれ》にならないぞ。

ちょっとラネルに軽蔑されたかと思ったけど、彼女はすぐにいつもの表情に戻り、渚とは逆側の俺の隣に座ってきた。

「勇太さん。お腹空いてませんか？　何か取ってきましょうか」

「いや、お腹は空いてないな」

それより眠りたい！　だけどその主張をする雰囲気ではなかった。

間髪入れずに今度は渚が話を振ってくる。

「何か食べたいんだったら、あれ、作ったげようか？　勇太の好きだった芋のフライ。こっちにも芋はあるから作れるよ」

いや、お腹空いてないって言ってるではないか、確かに渚の作った芋のフライは食べたいが……。

幼馴染みとの久しぶりの再会に気を使って、二人っきりにしてくれていた仲間たちが、ラネルが加わったことで三人になったのを見て、遠慮しないで俺の周りに集まってきた。

「えっと、渚だっけ。幼馴染みだったら勇太の子供の頃のこと、知ってるわよね？　話しておくれよ」

「ナナミも聞きたい！　ねえねえ、どんな感じだったの」

何を話してくれるだろうとみんな渚に注目する。その期待感を感じたのか、絞り出すように話し始めた。

「ええと……勇太は良い意味でも悪い意味でも、今も昔も変わらないかな。いつまでも子供っぽくて、鈍感で、無頓着。あっ、そうだ、小さい時にこんなことがあってね――」

そう言いながら渚は俺の昔話を始めやがった。俺の話の何が面白いのか、全員、渚の話に集中し始める。

しかし、これはチャンスかもしれない、今のうちにこの場から離れ、自室へと逃げ込めば……そう考えそっと席を立とうとした。

「あっ、勇太が、どっか行こうとしてる！」

こら、こら、ナナミ。人の話はちゃんと集中して聞きなさい！　ナナミのタレコミで俺の逃亡がバレ、みんなが俺を見て、無言の圧力で席に戻れと伝えてくる。

観念して席に戻ろうとしたのだが、ここで意外な助け舟が出された。

「おい、おい、お前ら。勇太は昨日から馬車馬のように働いて疲れてるんだからよ。そろそろ休ませてやれよ」

ナイスだジャン。そうだもっと言ってやれ。

「でも、今、勇太の幼馴染みが勇太の子供の頃の面白話を話してくれてるんだよ」

「なんだと！　勇太の面白話か……そりゃ本人立ち会いのもと、聞かねえとダメだな。勇太、休むのは話が終わってからだ。もうちょい付き合えよ」

「ジャン！　俺の味方じゃないのかよ！」

「いいから、いいから。若いんだからまだいけんだろ」

たくっ……自分の面白話なんて聞いても何も面白くないぞ！　それよりさっさと寝かせてくれ！

俺の心の叫びなど無視するように、昔話は盛り上がりを見せる。いつになったらゆっくり休めるんだよ。

テミラの聖都にてエモウ軍、テミラ軍、アムリア軍の損傷した魔導機の修復などが行われ、不測の事態の備えが行われていた。兵たちも一時的な休息を与えられ英気を養う。

そんな、まだ戦いの空気から抜け出せない状態のテミラであったが、東部諸国連合の国々からの相次ぐ通信で状況が変化していった。

「東部諸国連合の諸国から、また盟主として連合をまとめてほしいと言ってきている」

テミラのベダ卿が呆れたようにそう言う。

「現金な奴らだな。裏切ったくせに、戦争に負けたらすぐにまた何もなかったように戻ってくるのかよ。そんなフラフラした連中は信用できねえな」

テミラ、アムリアの会議に、エモウ代表として参加していたジャンがそう発言する。

「しかし、ルジャ帝国……いや、ヴァルキア帝国の脅威に対抗するには、多くの国が手を結ぶ必要があるのは事実だ」

「そうですが、前と同じ連合組織では個々に大きな圧力があった時、脆く崩壊するのは今回のことでよくわかったと思います。もし、東部諸国連合を再建するのであれば、それらの問題を解決する新たな組織作りが必要かと思います」

ベダ卿の言葉に国の代表としてラネルが意見を言う。彼女のそんな姿は見慣れていないのでなんか新鮮だ。

「私もラネル王女の意見に賛成だ。それについては、この会議の前に通信でエモウ王に相談していたのだが、良い案があると返事を頂いた」

「良い案とはどのようなものですか」

「直接話がしたいと、こちらに向かってくれている。後、他にも、エモウ王が声をかけたゲストが数人きてくれるそうなのだが、具体的な情報はまだ教えてくれなかった」

エモウ王がここへ向かっているんだ。ラネルも事前に聞いていなかったようで驚いていた。


エモウ王とゲストが到着したのはそれから三日後のことであった。

現れたゲストは三人、驚くことに全員が大きな国の国主であった。

「シバリエのミュラ五世。ルルバ共和国のバウゼン大統領。それにリネア王国のメネミヤ女王。東部屈指の大国ばかりがどうして……」

ゲストの面々を見てラネルが心底驚いている。それほど豪華な顔ぶれのようだ。

「ここに集まっている国家は共通する大きな問題を抱えている。それを一気に解決する提案を提示したい」

エモウ王が集まった面々に向かってそう話し始めた。

「東部諸国の共通する大問題など、ヴァルキア帝国のことに決まっていると思うが、どうそれを解決してくれるのだ、エモウ王」

「普通に考えたら同盟などの提案だと思うが、ここに集まった国家が束になったくらいではヴァルキア帝国には対抗できないぞ」

「エモウ王。あなたの提案に興味があってここまでやって参りましたが、その解決案が単なる大同盟だったら失望しますよ」

ゲストたちは思い思いの言葉を口にする。エモウ王は参加者を見渡すと、こう切り出した。

「いくら多くの国家が集まっても、切り崩しや連携の難しさからヴァルキア帝国などの超大国には対抗することができないだろう。ならばどうするか、こちらも一つの大きな国になるべきだと考える。私は東部諸国による、連邦国家の樹立を提案したい」

「連邦国家だと！」

「東部の小国郡を一つの国にするのか！」

「確かに連邦国家なら各々の国を残しつつ、強固な組織を作るのは可能ですね……面白い！　さすがはエモウ王。わざわざ出向いた甲斐《かい》がありましたわ」

「エモウ、シバリエ、ルルバ、リネア。この四ヶ国が参加するのであれば、ヴァルキア帝国を嫌う国々は連邦に興味を持ってくれるだろう。どうかな、テミラのベダ卿。それにアムリアのマジュニ殿。あなたたちはどう思われるか」

「素晴らしい提案だと思います。実現すれば東部のほとんどの国家が参加するかもしれません」

ベダ卿はエモウ王の提案に賛同した。それに対してアムリアのマジュニは、別の問題を指摘する。

「しかし、連邦国家の国家元首はどうするつもりだ？　ミュラ五世、エモウ王、バウゼン大統領、メネミヤ女王。誰が就任しても角が立つように思うが……」

「もちろんそれも考えている。将来的には各国家の代表による投票で何年かに一度決めるとして、初代国家元首はある人物を推薦したい」

「エモウ王が推薦とは……それは興味ありますね。東部を束ねることのできる逸材とは誰のことですか」

「そこにいる、アムリア王国のラネル第二王女です」

いきなりエモウ王から指名され、ラネルは驚きの表情で固まる。

「わっ、私にそんな大役は！」

「この連邦国家の構想は前からあった。しかし、どうしても初代国家元首になり得る人材がいないことが理由で実現が難しいと考えていた。だが、私はラネル王女に出会い、そして手腕を目の当たりにした。テミラを守り、ルジャ帝国の侵攻を阻止できたのは彼女の力が大きいだろう」

「いえ、私には何もできませんでした。テミラを救ったのはエモウ軍の力が大きかったと思いますし……」

「そのエモウ軍を動かしたのは他ならぬラネル王女ではないですか」

ゲストたちがエモウ王の言葉に賛同して続く。

「そう、私たちがここへきたのはエモウ王に誘われただけじゃないのですよ。あのヴァルキア帝国の支援を受けたルジャ帝国を退けたというアムリアという小さな国にも興味があったからです。良い案だと思います。私もラネル王女に初代国家元首をお願いしたいと思います」

余程ヴァルキア帝国が嫌われているのか脅威に思われているのか、ここに集まった国々は連邦国家樹立という大きな選択を悩みもせずに決断していた。しかもラネルに対する評価が高い。彼女が優秀なのはなんとなく俺にもわかっていたが、ここまでとは凄いな。

エモウ、シバリエ、ルルバ、リネアの東部の有力国が中心となった連邦国家構想は、瞬く間に東部諸国へと伝達された。その意図が反ヴァルキア帝国であることは明白で、ヴァルキアの軍事力に怯《おび》えていた小国の指導者たちはこぞって連邦への参加を表明してきた。

最終的に東部連邦国家への参加国は四十七ヶ国にも及び、その国力はヴァルキア帝国に匹敵する。

「結局、ラネル王女は初代国家元首を引き受けたのか」

ジャンが何やら情報誌を見ながらそう聞いてきた。

「二年の約束で引き受けたみたいだよ。これから大変そうだな」

引き受ける前にラネル本人に相談されたとき、政治や国のことなんてわからないから、期限付きで引き受けたらと無難なことを言ったのだが、まさか本当にそうするとは……。

「ちょっと、ジャン！　ちょっと話があるんだけど！」

凄い勢いでライザがやってきた。

その後ろからオービス、そしてダルムとバルムと、ラフシャル以外のメカニック班が揃ってやってきた。

「どうした？　ネジでも足らなくなったか」

「違うわよ！　オリハルコンと鳳凰石の採掘の話はどうなったのよ！　材料が揃わないとルーディアコアの生成ができないでしょ！」

「なんだよ、お前ら。ルーディアコアの生成がしたいのか？」

「当たり前でしょう！　ルーディアコアの生成に興味のないメカニックなんて存在しないわよ。今まで未知の技術だったものを実際に作ることができるのよ」

「なるほど。まあ、確かにそうかもしれねえな。エモウ王国との契約も切れるし、そろそろ出発してもいいかもな」

「再契約の話は出てないのかい」

ジャンの選択に、アリュナがそう聞く。

「正式に連邦国家が樹立したら、新しく契約を結びたいとは考えてるみたいだ」

「連邦国家って相当大きな国になるんでしょう？　だったらメルタリアみたいに防衛契約を結んだらどう」

「そうだな。連邦国家になればヴァルキアでもそう簡単には手を出さないだろうし、うまくいけば何もしなくても報酬が、がっぽがっぽ、てな感じになりそうだな」

「また、そんな都合の良いことだけ考えて」

「勇太。それより、出発するってなると、渚はどうするんだい？　一緒に連れていくのかい」

「それは本人の意志次第かな。一応、渚はアムリア所属だし、聞いてみないとわからない」

「いいのかい。せっかく会えた幼馴染みなのにまた離れ離れになるよ」

「通信共有したから、前と違っていつでも連絡はできる。だから、そんなに寂しい感じはないよ」

前は安否すらわからず心配だったけど、これからは連絡も取り合えるから安心だ。


渚にそろそろ出発するという話をした。その時に、一緒にくるかとも尋ねた。

彼女も俺と同じように考えていたようで、返事はこうだった。

「誘ってくれてありがとう。でも、今からラネルが忙しくなるし、彼女の側にいてあげないと……」

友達思いの渚らしい答えだ。少しだけ、また一緒にいられると期待してたのか寂しい気持ちになった。だけど、アムリアが忙しくなるのは間違いないし、永遠の別れになるわけでもないので気持ちを抑える。

「そうか、相変わらず友達思いだな」

「そんなんじゃないよ。勇太とはいつでも連絡できるようになったし、会いたくなったら、会えばいいでしょう」

あまりにも俺と似た考えなので笑えてくる。ということは一緒に行きたいと少しは思っているのかもしれない。

「まあ、確かにそうだな」

しめっぽくならないようにあえて笑顔でそう言った。


その後、正式に連邦国家が樹立した。

東部諸国連邦——正式名称を、初代国家元首の出身国から取り、アムリア連邦とした。

連邦加盟国は四十七ヶ国。支配下魔導機数一万八千機にもなる超大国の誕生であった。

巨大国家になり、もう周りの国も下手に手出しできないだろう。俺たちの役目も終わり、予定通りオリハルコンの発掘に出発することになった。

しかし、出発直前、アムリア連邦から無双鉄騎団に正式に契約の話がきた。

俺とジャンはラネルに呼び出された。

「アムリア連邦は、永続的に無双鉄騎団と契約を結びたいと考えています」

「俺たちは高いぜ」

ラネルの言葉に、ジャンが不敵にそう言い放つ。

「金額はそれ相応にお支払いします。問題は契約内容ですね」

「基本的に傭兵は自由であるべきだ。拘束されるのは好きじゃねえし、防衛契約って形でどうだ？」

「防衛契約ですか……戦争が起これば駆けつけてくれるってことですね」

「そうだ。その条件でなら受けるつもりだ」

「本当は側にいて欲しかったですけど……」

そう言いながらラネルはなぜか俺を見つめてくる。

「わかりました。防衛契約でお願いします。それでは報酬ですが、契約金で十億、年間で三億でどうでしょうか」

メルタリアの条件よりかなり良いものだった。ジャンも納得したみたいで二つ返事で了承した。

巨獣の巣を目指して、エモウにある地底海流の入り口のあるビールライフ渓谷に出発する日。

連邦国家、初代国家元首として忙しくしているラネルと、幼馴染みの渚が見送りにきてくれた。

「勇太、あまり無茶しちゃダメだよ。いくら強いって言っても上には上がいるんだから」

「わかってるよ。無理はしないって」

「勝てないって思ったら逃げるのも手なんだからね」

「だから、わかってるって」

余程心配なのか、渚がしつこく言ってくる。

「勇太さん……あの……無双鉄騎団とは防衛契約している間柄ですし、このアムリア連邦が自分の国だと思っていつでも帰ってきてください」

ラネルが社交辞令なのか、そんな優しい言葉をかけてくれる。

「ああ、もちろん帰ってくるよ。たまにこないと渚がうるさそうだしな」

「何よ、それ。別に私はうるさく言わないわよ！　本当は勇太の方が私に会いたいからきたいだけでしょう！」

そんな名残惜しいやり取りも終わり、扉が閉まり【フガク】が動き出す。

渚とラネルは見えなくなるまでこちらを見送ってくれていた。

「本当に良いの、勇太？　もう少し強く言えば、渚、勇太についてきたんじゃないの？」

渚とのやり取りを見ていたのか、ナナミが寂しそうに言ってくる。

俺は笑顔を作りナナミに言った。

「渚とは付き合いが長い分、一緒にいた時間が長かったからな。まだその貯金が残ってるからそんなに寂しくはないんだよ。それよりアイツが友達のために何かしたいって思ってる気持ちを大事にしてやりたいんだ」

「そうか……そうだよね。ちゃんと通話共有できてるからいつでも話ができるしね」

「そうだ。会おうと思えばいつでも会える。それだけで今は十分だよ」

正直、渚に側にいて欲しいと思わなくはないが、友達を大事にするのは俺が好きな渚のいいところでもあるからな。

ブリッジに行くと、ジャンとライザがまた何か言い合いをしていた。

「だから、師匠が必要だって言ってるんだって！」

「師匠ってなんだよ、ライザ。お前いつの間にラフシャルに弟子入りしたんだ？」

「自分より優れた人間に師事するのは当然でしょう」

「まあ、そりゃ勝手だけどよ」

俺の顔を見たライザが、ジャンとの言い合いに巻き込もうとした。

「ほら、勇太も言ってよ。必要な物は必要なんだって！」

「いや、なんの話をしてるかわからないんだけど」

俺がそう言うと、ライザの代わりにジャンが答える。

「ラフシャルがマグネトロンって物質が欲しいんだとさ」

「欲しいんだったら買ってやればいいだろ」

「バカ、アホみたいに高いんだぞ！　一キロ一億は流石に簡単には買ってやれねえって」

「いっ、一億！　ライザ、ラフシャルに我慢しろって言えよ」

「なによ！　やっぱり勇太も何もわかってないよね。いい、師匠が手を加えれば一億の物も、十億、二十億って価値が上がるんだから！　ちょっと高いからってそっちの方が勿体《もったい》ないでしょう！」

まあ、確かにラフシャルの発明はそれくらいの価値があるかもしれないけど、一億はさすがに高い。

「それよりどうしてラフシャル本人が言ってこないんだ？」

「師匠は「欲しいけどね、高いんだよな……やっぱり値段を考えたら頼めないな……」って謙虚に遠慮していたから、代わりに弟子の私が言いにきたんでしょう」

なんかそれもラフシャルの計算のような気もしてきたな。

「ジャン。確かにラフシャルの発明品にはそれくらいの価値はあるかもしれないから、今回は買ってやったらどうだ」

俺がそう言うと、少し悩んだジャンも渋々了承した。

「今回だけだからな！　このレベルの物を頻繁に欲しがられたら破産しちまうからよ！　ラフシャルにちゃんと言っておけよ！」

それを聞いたライザは嬉しそうに格納庫へと戻っていった。

「たくっ……こんなんじゃ儲けても、儲けても、材料費に消えちまうよ」

「ということは仕入れに街に寄るんだろ。俺も買って欲しい物があるんだけど」

「なんだよ、珍しいな。何が欲しいんだ？」

「自室用の言霊箱が欲しいんだ」

「なるほど。部屋に籠もって幼馴染みと楽しく会話したいってことか」

「なんだよ、その言い方……」

「まあ、ラフシャルのおねだりに比べたら子供の玩具《おもちゃ》みたいなもんだからな、最新の言霊箱を買ってやるよ」

渚だけじゃなく、ラネルとも通信共有しているので部屋でゆっくり話をするために中古でもいいので欲しいと思っていた。だけど、まさか最新のものを買ってくれるとは嬉しい誤算だ。

クラス最安値で売られた俺は、実は最強パラメーター

I was sold
at the lowest price
in my class,
however
my personal parameter is
the most powerful

電撃の新文芸

クラス最《さい》安《やす》値《ね》で売《う》られた俺《おれ》は、実《じつ》は最《さい》強《きょう》パラメーター3

著者／RYOMA
イラスト／黒《くろ》井《い》ススム

2021年10月17日　初版発行

発行者／青柳昌行
発行／株式会社ＫＡＤＯＫＡＷＡ
〒102-8177　東京都千代田区富士見2-13-3
0570-002-301（ナビダイヤル）
印刷／図書印刷株式会社
製本／図書印刷株式会社

【初出】……………………………………………………………………
小説投稿サイト『カクヨム』(https://kakuyomu.jp/)に掲載されたものを、加筆・修正しています。

ISBN978-4-04-914048-4　C0093　Printed in Japan

ファンレターあて先
〒102-8177
東京都千代田区富士見2-13-3
電撃の新文芸編集部

「RYOMA先生」係
「黒井ススム先生」係

異修羅I
新魔王戦争

**全員が最強、全員が英雄、
一人だけが勇者。“本物”を決める
激闘が今、幕を開ける——。**

魔王が殺された後の世界。そこには魔王さえも殺しうる修羅達が残った。一目で相手の殺し方を見出す異世界の剣豪、音すら置き去りにする神速の槍兵、伝説の武器を三本の腕で同時に扱う鳥竜の冒険者、一言で全てを実現する全能の詞術士、不可知でありながら即死を司る天使の暗殺者……。ありとあらゆる種族、能力の頂点を極めた修羅達はさらなる強敵を、“本物の勇者”という栄光を求め、新たな闘争の火種を生みだす。

著／珪素
イラスト／クレタ

電撃の新文芸

リビルドワールドI〈上〉

誘う亡霊

著／ナフセ
イラスト／吟
世界観イラスト／わいっしゅ
メカニックデザイン／cell

電撃《新文芸》スタートアップコンテスト《大賞》受賞作！
科学文明の崩壊後、再構築《リビルド》された世界で巻き起こる
壮大で痛快なハンター稼業録！

旧文明の遺産を求め、数多の遺跡にハンターがひしめき合う世界。新米ハンターのアキラは、スラム街から成り上がるため命賭けで足を踏み入れた旧世界の遺跡で、全裸でたたずむ謎の美女《アルファ》と出会う。彼女はアキラに力を貸す代わりに、ある遺跡を極秘に攻略する依頼を持ちかけてきて――!?

二人の契約が成立したその時から、アキラとアルファの数奇なハンター稼業が幕を開ける！

Unnamed Memory Ⅰ
青き月の魔女と呪われし王

著／古宮九時
イラスト／chibi

読者を熱狂させ続ける
伝説的webノベル、
ついに待望の書籍化!

「俺の望みはお前を妻にして、子を産んでもらうことだ」
「受け付けられません！」
　永い時を生き、絶大な力で災厄を呼ぶ異端――魔女。強国ファルサスの王太子・オスカーは、幼い頃に受けた『子孫を残せない呪い』を解呪するため、世界最強と名高い魔女・ティナーシャのもとを訪れる。“魔女の塔”の試練を乗り越えて契約者となったオスカーだが、彼が望んだのはティナーシャを妻として迎えることで……。

電撃の新文芸

傷心公爵令嬢レイラの逃避行 上

溺愛×監禁。婚約破棄の末に
逃げだした公爵令嬢が
囚われた歪な愛とは——。

事故による２年もの昏睡から目覚めたその日、レイラは王太子との婚約が破棄された事を知った。彼はすでにレイラの妹のローゼと婚約し、彼女は御子まで身籠もっているという。全てを犠牲にし、厳しい令嬢教育に耐えてきた日々は何だったのか。たまらず公爵家を逃げ出したレイラを待っていたのは、伝説の魔術師からの求婚。そして婚約破棄したはずの王太子からの執愛で——？

著／染井由乃
イラスト／鈴ノ助

電撃の新文芸

超世界転生エグゾドライブ01

―激闘！　異世界全日本大会編―〈上〉

著／珪素
イラスト／輝竜　司
キャラクターデザイン／zunta

一番優れた異世界転生ストーリーを決める！
世界救済バトルアクション開幕！

　異世界の実在が証明された20XX年。科学技術の急激な発展により、異世界救済は娯楽と化した。そのゲームの名は《エグゾドライブ》。チート能力を４つ選択し、相手の裏をかく戦略を組み立て、どちらがより迅速により鮮烈に異世界を救えるかを競い合う！　常人の9999倍のスピードで成長するも、神様に気に入られるようにするも、世界の政治を操るも何でもあり。これが異世界転生の進化系！　世界救済バトルアクション開幕！

ステラエアサービス

曙光行路

緋色の翼が導く先に、
はるかな夢への
針路がある。

亡き父に憧れ商業飛行士デビューした天羽家の次女“夏海”は、高校に通う傍ら、空の運び屋集団・甲斐賊の一員として悪戦苦闘の日々をスタートさせた。

受け継いだ赤備えの三式連絡機「ステラ」を駆り、夢への一歩を踏み出した彼女だったが、パイロットとして致命的な欠点を持っていて——。

南アルプスを仰ぐ県営空港を舞台に三姉妹が営む空の便利屋「ステラエアサービス」が繰り広げる、家族と絆の物語。

著／有馬桓次郎
イラスト／よしづきくみち

野生のＪＫ柏野由紀子は、異世界で酒場を開く

TVアニメ化もされた
『八男って、それはないでしょう！』
の著者が贈る最新作！

『野生のJK』こと柏野由紀子は今は亡き猟師の祖父から様々な手ほどきを受け、サバイバル能力もお墨付き。

　そんな彼女はひょんなことから異世界へ転移し、大衆酒場『ニホン』を営むことに。由紀子自らが獲った新鮮な食材で作る大衆酒場のメニューと健気で可愛らしい看板娘のララのおかげで話題を呼び、大商会のご隠居や自警団の親分までが常連客となる繁盛っぷり。しかも、JK女将が営む風変わりなお店には個性豊かな異世界の客たちが次々と押し寄せてきて！

著／Ｙ・Ａ
イラスト／すざく

電撃の新文芸

物語を愛するすべての人たちへ
KADOKAWA運営のWeb小説サイト
イラスト：Hiten
「」カクヨム
01 - WRITING
作品を投稿する
誰でも思いのまま小説が書けます。

投稿フォームはシンプル。作者がストレスを感じることなく執筆・公開ができます。書籍化を目指すコンテストも多く開催されています。作家デビューへの近道はここ！

作品投稿で広告収入を得ることができます。

作品を投稿してプログラムに参加するだけで、広告で得た収益がユーザーに分配されます。貯まったリワードは現金振込で受け取れます。人気作品になれば高収入も実現可能！
02 - READING
おもしろい小説と出会う
アニメ化・ドラマ化された人気タイトルをはじめ、あなたにピッタリの作品が見つかります！
様々なジャンルの投稿作品から、自分の好みにあった小説を探すことができます。スマホでもPCでも、いつでも好きな時間・場所で小説が読めます。
KADOKAWAの新作タイトル・人気作品も多数掲載！
有名作家の連載や新刊の試し読み、人気作品の期間限定無料公開などが盛りだくさん！
角川文庫やライトノベルなど、KADOKAWAがおくる人気コンテンツを楽しめます。
最新情報はTwitter
@kaku_yomu
をフォロー！
または「カクヨム」で検索
カクヨム